U0536387

〖中华诗词存稿·名家专辑〗

中华诗词学会 编

李树喜诗词选

李树喜 著

中国书籍出版社
China Book Press

图书在版编目（CIP）数据

李树喜诗词选 / 李树喜著 . -- 北京 : 中国书籍出版社 , 2019.10

（中华诗词存稿）

ISBN 978-7-5068-7418-2

Ⅰ . ①李… Ⅱ . ①李… Ⅲ . ①诗词—作品集—中国—当代 Ⅳ . ① I227

中国版本图书馆 CIP 数据核字 (2019) 第 197029 号

李树喜诗词选

李树喜 著

责任编辑 李国永
责任印制 孙马飞 马 芝
封面设计 采薇阁
出版发行 中国书籍出版社
地　　址 北京市丰台区三路居路 97 号（邮编：100073）
电　　话 (010) 52257143（总编室）(010) 52257140（发行部）
电子邮箱 eo@chinabp.com.cn
经　　销 全国新华书店
印　　刷 北京虎彩文化传播有限公司
开　　本 710 毫米 ×1000 毫米 1/16
字　　数 220 千字
印　　张 32
版　　次 2019 年 10 月第 1 版　2019 年 10 月第 1 次印刷
书　　号 ISBN 978-7-5068-7418-2
定　　价 498.00 元

《中华诗词存稿》
编委会名单

作者简介

李树喜，河北省安平县人。高级记者，作家，人才学和历史学者。1969年毕业于北京大学历史系。1983年起在光明日报任职，历任特派记者，机动记者部主任，社会部主任，光明日报出版社社长兼总编辑等。

现为中华诗词学会副会长，中国毛泽东诗词研究会副会长，《中华诗词》杂志编委。拥有中华诗词韵库专利(专利号：200610087566.8)。

已出版个人专著、文集24种，包括《中国人才史》系列；诗集《杂花树》、《诗词之树》和《诗海观潮》等。

总　序

我们这个诗歌大国有一个很好的传统，历来注重“采诗”、搜集整理诗歌材料。作为唯一的全国性诗词组织的中华诗词学会，自1987年5月成立以来，就十分重视这项工作。学会每年的学术研讨会和历届“华夏诗词奖”，都出版论文集和获奖作品集。纪念学会成立二十年、三十年时，还专门编辑出版了《大事记》《论文选集》《诗词选集》。《中华诗词》创刊以来，每年都制作年度合订本。2007年5月，在北京天识东方文化艺术传播有限公司的资助下，以近代以来诗词创作、诗词理论、诗词运动重要文献汇编，当代名家个人作品专集等为主要内容，出版了《中华诗词文库》。经过十来年的编辑整理，已经出了近百卷。这些诗集、文集的出版，记录了近百年来尤其是改革开放四十多年来，中华诗词从起步、复苏走向复兴的砥砺前行的历程，为近、当代诗歌史的撰写准备了丰富的资料。

党的十八大以来，中华民族优秀传统文化重新受到应有的重视。习近平总书记《念奴娇·追思焦裕禄》词和《军民情》七律的相继发表，引领中华大地诗潮滚滚而来。《中共中央关于繁荣发展社会主义文艺的意见》和中办、国办《关于实施中华优秀传统文化传承发展工程的意见》，都明确提出“加强对中华诗词、音乐舞蹈、书法绘画、曲艺杂技和历史文化纪录片、动画片、出版物等的扶持。”国家教育部组织制定由中华诗词学会起草的新中国语言体系中的新韵书《中华通韵》已经通过国家语言文字工作委员会语言文字规范标准审定委员会审定，即将颁布全国试行。这些都使我们真切地感受到，中华诗词的春天真的到来了。诗人们乘着骀荡春风，正以高昂的激情，书写着中华民族伟大复兴的新时代、新史诗，国家富强、民族振兴、人民幸福的中国梦；正以与人民同呼吸、共命运的诗人之心，对人民的欢乐、人民的忧患、人民的情怀给以诗意的表达；正以“美”或“刺”的诗人之笔，对市场经济大潮中人民对幸福生活的期待，对美好未来的希望，对假丑恶的深恶痛绝，或给以方向，或给以赞美，或给以鞭挞。正如习近平总书记所指出的：“好的文艺作品就应该像蓝天上的阳光、春季里的清风一样，能够启迪思想、温润心灵、陶冶人生，能够扫除颓废萎靡之风。”

当前，传统诗词创作者和诗词爱好者队伍发展迅速，已超过三百万。每天创作的诗词作品超过唐诗、宋词、元曲的总和。诗词评论研究队伍也成长很快，诗词评论、诗词学、诗词创作理论研究成果丰硕。如何从浩如烟海的诗词作品中“淘”出优秀作品，并使之存下来、传下去，如何使诗词研究理论成果“面世”并发挥应有的指导作用，确实是摆在我们面前的无可回避的一个重要课题。中华诗词学会是一个没有国家编制，没有国家拨款的社会团体，事业的运转主要靠社会赞助和会员费支撑。俊识（北京）文化传媒有限公司总经理吕梁松、北京采薇阁总经理王强，两位一直是对中华传统文化情有独钟的热心人，慷慨解囊，愿意同中华诗词学会一起，搜集整理编辑推出《中华诗词存稿》这套书，共同为中华诗词文化的继承和发展，做成这件十分有意义的事情。

《中华诗词存稿》主要搜集整理出版三部分内容的资料：一是当代诗词名家的个人作品集；二是当代诗词评论家、诗词学者的学术著作集；三是当代诗词作品、诗词理论学术成果阶段性、专题性、地域性的集成类作品集。诗词作品强调精品意识，沙里淘金，把“有筋骨、有道德、有温度”的优秀诗词作品搜集起来。诗词评论、研究类资料强调理论性和创新性，应具有鲜明的个性特点，具有创建性的见解。集成类的资料应有一定的史料保存价值。总之，做成一套具有当代价值和历史意义的好书。在此，我们编委会人员，向提供资料、筛选编辑、版面设计、校对勘误，包括所有为这套资料付出辛勤劳动的同志们，表示真诚的谢意！

郑欣淼

二〇一九年七月于北京

自　序

诗非主业，实乃性情！作者自幼学诗，五十年来与诗同行。本书所选诗作，按三个时间段分为三编：

“杂花生树”（1964年-2005年）；

“木秀观云”（2005年-2008年）；

“诗海弄潮”（2009年-2013年）。

由此，此书可视为半个世纪的自选集。每编按内容分类为“感事抒怀”，“咏物写真”，“山河记游”，“咏史辨才”和“嘤鸣友声”等篇，篇中依时间顺序排列。

诗乃作者心声，亦为社会生活之记录也。

世事沧桑，人心不古。吾人心路历程，少澄明而多困惑，难免悲天悯民，形影相弔,此为“感事抒怀”者也；

动物植物，有形貌，具品性，与人和谐相处，方成大千世界。为人所用而无所取，实为弱者。故歌之赞之，此为“咏物写真”之章；

山川胜景，乃作造物之功，自来有之。历经沧桑，气韵犹存。而今人造作污染，非复昔日苏东坡之清风明月，难免“今不如夕”之叹。此为“山河记游”之所发感慨也；

吾人学史治史，研探人才问题。历史有曲折，人才多悲剧。此为“咏史辨才”之主调，喟然叹惋而无之奈何！如此等等，难以尽述……回首诗路历程，每每感慨系之。始知一己之经历、感悟及情丝语片，亦社会变迁之痕迹也。

需要说明的是，作者青年时代和文革时期的作品，某些格式不规范之处，选编时未做修改，为的是尊重历史保持原貌也。

“万紫千红等闲看，一支独秀是诗魂”；“李杜堪师不仿，一心要写吾真”，是作者的自勉与追求。经年不辍，不避寒暑，一树杂花，与时同行，个性出新，兴观群怨，心迹自明。虽不涉怪力乱神，亦有前贤今人未及言之者。至于雅俗工拙，诗自言之，读者评之。倘有二三子知我，足矣！

近年所作诗论和诗话择若干篇附后，以鉴知行、互为印证呼应也。

是为序。

癸巳之秋于北京西郊云闲斋

目　　录

第一编　杂花生树

A卷　感事抒怀

B卷 咏物写真

C卷 山河记游

D卷 人才诗史

E卷 嘤鸣友声

杂花附卷“文革”印记

第二编 木秀观云

A卷 感事抒怀

B卷 咏物写真

域外译诗选（50首选24首）

C卷　山河记游

D卷 人才诗史

E卷 嘤鸣友声

第三编 诗海弄潮

A卷 感事抒怀

B卷 咏物篇

附 新诗十首

C卷　山河记游

D卷 咏史辨材

E卷 嘤鸣友声

第四编　观潮诗论

第一编　杂花生树

A卷　感事抒怀

从家乡到北大

我从何处来，又向何处去？
拜别家乡水，漫漫人生路。
仓皇入燕园，茕茕自相顾。
史学如江海，千年漫迷雾。①
南营学打枪，北山习种树。②
书剑皆不成，师生两相误。③

【注】

① 1964年考入北大历史系，对史学教法和有何用处深感迷茫。几十年过去，回想历史系所得，当然我感谢每一位老师，我从他们那里学到不少东西。但真正让我佩服的可以称之为大家的，唯有我们的系主任翦伯赞先生。他是真正的国学大师，尤其在文史即历史与文学的结合方面。他的史论洋溢着辩证思想和斑斓文采，以《内蒙访古》最为代表。虽然听他的课不多，但在历史学方面，我真正师承的是翦伯赞翦老。至于文史的其他方面——我向敢峰学哲学和思辨，向我的老乡孙犁学文学，向刘征学诗词。还有一点需要申明的：真正的学问往往得之于课堂之外——文史知识无国界、校界，更没有学科院系的界限。学者取之四海，知识无派无宗。我没有北大的优越感和门户意识。

② 上学不久，先是到京南高碑店军训，后又到昌平十三陵学农种树，美名曰半工半读。

③ 我在历史系系友诸君中属狂放派，经常谬论迭出：例如，我说历史工作者的主要任务一是记录历史，二是篡改历史。你

每次修改文章或书稿（其中多是照官方指令修改）而历史是无法修改的，至多有一次接近真实和真理，其余多数甚至全部不是修改或篡改历史吗？几十年的历史都可以改，况且千百年乎！我还说过人才逆向淘汰和埋没人才是古今中外的基本规律，等等。这常常引起混战一片。

蝶恋花·西园春色

春色满园人踟蹰。两眼迷离，难辨最佳处。弃棹放舟凭流水，随风飘我天涯去。　　莫道天涯少春意，天有边际，春却无边际。借问瑶台望春女，可知也在春光里！

1966年春

原上行

大地有情着新雨，长天无意渡浮云。
不周名苑觅春柳，但喜昆明水浅清。

【注】

“文革”初起，心事苍茫，常寻清静处思之，虽不得其解，亦稍宽慰。

香山红叶

香山空茫不知处，红云尽化飞蝶去。
何须怨道天时恶，秋风不染苍松树。

忆橘子洲

众友如星散，时光入水流。
每过伶仃洋，常念橘子洲。
短剑击风雨，长歌傲封侯。
倚天说日月，坐地论沉浮。
别梦时时会，酒醒还复愁。
长风知我意，绵绵无尽头。

1970年4月

【注】

“橘子洲”是北大历史系我班战斗队名称，多为工农子弟，为人质朴，偏向保守。四十年过去，我的大学同学，南至粤海，西至伊犁，至有远居美国者。京师四人中，成汉昌君49岁逝世，朱耀廷兄65岁去世。幽明歧路，好不感慨！

思　乡

天高飞鸟远，地阔水流长。
恐触慈母泪，不敢思故乡。

柴门庭角

柴门庭角自生存，此辈无从识拜金。
偶尔三杯两杯酒，最多七个八个人。
论时每感生民苦，遇友互觉白发新。
方树相依不计日，雪消未尽又逢春！

1970年

浣溪沙·小园夜色

香馥满园不见红，枝头小叶暗发青。云层掠过月儿明。　　乍暖还寒谁能测？朦胧小调寄东风。故人未到总吹笙。

1971年春

采桑子·看花

看花转眼花不定，难测秋风，已是秋风，芳草绕湖郁葱葱。　南飞燕子不思旧，已断归程，何必归程？此有黄鹂深树鸣。

乡　讯

曾记桃花四月时，与君坚约不相离。
忽如一夜风乍起，将我吹到潮河西。
梦中又会八角亭，不记来程记归程。
万里情思三更共，一盘明月两处同。
来前把锄西墙后，同心种下红扁豆。
六月开花七月果，九月还家共秋收。

1973年

梦　雨

入梦曾经七月雨，醒来才忆五更寒。
人隔十里八里外，不在身边在心间。

【注】

新婚不久，又从下放劳动之公司下放劳动，驻北京通县侉店公社大豆各庄，名为带知识青年。近年在地图寻找侉店，不见踪影。后来打车遇一通县司机师傅，方知因“侉店”名称不雅，已更名“甘棠”矣!在我看来是画蛇添足。

别北池子诸友人

1970年至1978年，我从北大分配到北京市北郊木材厂和木材工业公司上班。1978年，使尽调动工作和考研究生等种种解数，离开木材公司调任教育部记者。我和公司年轻人相处甚好。公司在北池子北口，地段优越。我在此上班六年。

滥竽充数调难成，苦恨流光太无情。
几度迷津识过客，十年反复论英雄。
书生无计寻出走，诸将有期庆攻城。
心意未随人去尽，年年消息寄东风。

1978年4月

满江红·离公司转调教育部

流水飞花，空去也，八载烟云。立锥处，人已纷纷，理亦纷纷。是非如麻何足论，苦恨无报三晖恩。听东风墙外鼓声急，促征人。　　十年路，每日问，翻云雨，费精神。最去年三哭，泪血犹存。废纸盈囊烧一炬，照我曲折前程真。莫辜负、春色染朝日，天地新。

1978年5月

【注】

此词用平韵。

庐州别王康

1982年夏，随国家科委办公厅主任、中国人才研究会会长王康去南方，代表中组部检查知识分子政策落实情况。王老为人铮铮，亦幽默可亲。吾辈深为敬重。但我家事未安，思念妻女，到上海、安徽黄山后，向王老告别，半途而归。

两渡长江若等闲，庐州一到竟茫然。
差途尚有三边省，囊底已无救济钱。
倦怠雏莺恋巢草，铿锵老马望关山。
云霓久旱思甘雨，到处听君伯乐篇。

1982年6月

党校学习

昆明湖畔渐晴雪，大有庄园风雨斜[①]。
佛乐声声读马列，从来迷信伴科学。

1999年3月

【注】

① 大有庄，中央党校所在地。党校与颐和园毗邻，读马列同时，不断有佛乐佛香缥缈而来。始悟在社会中，迷信与科学糅杂，一个学科和门派中亦难免如此。

党校郊外

书生本性懒读书，跑到乡间访结庐。
头上暂无三尺帽，胯间恰有两轮车。
新蝉高叫春已老，雏燕呢喃麦未熟。
沉醉不识花路径，夕阳西下问村姑。

【注】

① 党校半年时间，屡屡离教室而郊游，天地间之乐趣学问，胜课堂多矣！会议外鲜活素材信息，亦较会议更厚。吾有一怪论：不会逃课的学生不是好学生，不会逃会的记者不是好记者。听之似谬，思之有理。

偶得句

人心曲曲弯弯水，世事重重复复山。
情意浓浓淡淡酒，收成雨雨风风年。

记于1999年酷暑

【注】

此四句，前两句是不经意听来，后两句自己创造。吾以为得意。读友见而喜之，或因口语平白且有哲意也。

新闻生涯

新闻无定式，记者乱萍踪。
车马观花浅，沙龙论道空。
管弦歌盛世，悲切叹苍生。
独辟荆棘路，杂花别样红！

【注】

自1978年在教育部为记者至2005年在光明日报为记者。从邓小平为我的文章批示到我为底层百姓呐喊。吾阅人历事多矣。广交朋友，关注民生。在最渺小的人面前不尊大，在最尊贵的人面前不渺小，是我的左右铭。今日回首，有独思之求，多忧之心，愧无冕之名。有憾而无悔，只好如此。

形 象

镜中形象太难寻，秒秒分分旧变新。
半世飘蓬常失我①，几车书箧少存真。
微霜染鬓知深浅，百姓系心淡浮沉。
除却浮名留点利，此君才是自由人②。

【注】

① 人生最常见和难以避免的遗憾，是常常失去自我，为我以外的力量左右。有时不知所在、所之和我是何人、到底要干什么。圣贤亦难免，况我辈乎！好在经过曲折和反复思考后，大概算是找回了自我。万幸万幸！

② 大公无私，几人有之？半心半意，也不容易。我主张说实在话，做利人利己利社会之事情。给自己留点空间。有道是：大丈夫利人利己，真君子多友多敌。

2000年冬雪

白驹未敢将我抛，又见雪飞草树凋。
血火胸中依旧热，冻旗栏外屡空招①。
穿云来往非游客，探海捞书算弄潮②。
吟罢回看来时路，风光最是独木桥。

【注】

① 在社会中，各种诱惑和许愿多矣。高官富贵得意后面，难道无有艰窘辛酸！想来想去，还是独立人格最珍贵。独木桥最风光。

② 我对被称为“太平洋战争的秘密”——“阿波丸”沉船事件的调查及著作在国内外形成影响。

记 梦

吾幼时长居外祖父母家，老人对我百般呵护。外祖父尤为民间卓越人物，极其聪明多识，对我启蒙颇多。二老一生艰窘，寿过九十而终。吾思念至深，梦中，常以其尚在而去探其家，每每多无果长叹，泪湿巾被，盖欲养不待之憾也。

旧时街井旧时情，侧面千呼总不应。
惊梦泪从心底出，长思音貌到天明。

中秋思亲两则

其一

悔接老父旧银元[①]，月照中秋去不还。
坟土新生离乱草，纸钱岂抵米柴钱！

2000年

【注】

① 近年来，每还乡，父亲都要将所存几块银元予我，我婉拒之中，说不出的味道，总之是不祥之感；去年“十一”，携妻女归，父将银元悉数交给孙女收藏。临行，眼中泪光闪烁，令人不敢正视，逾年清明即逝。吾感慨系之，岂有命运与先兆乎！

其二

辗转三迁树长成，清明冷雨泣花红。
旧村老院滹沱水，总是娘亲唤儿声。

【注】

吾村庄为避滹沱河水患，自1963年两次 南移约三里远。人既离河而去，河却悄然不存，岂不悲哉！

《世纪荒言》笺诗

太平世味淡如水，真话文章短似针。
万紫千红寻常见，一枝独秀是春魂。

【注】

此为拙作短篇小说集《世纪荒言》笺诗，由文化艺术出版社出版。每篇二三百字，是最短的小说。

菩萨蛮·新世纪过年

漫天飞雪如白米，年龄心绪成反比。盼年又怕年，应酬使人烦。　　人情似把锯，来了还得去。酒绿闹灯红，几多是真情？

李蒙生日

咿呀膝下女，忽作远天游。
心挂天边月，身隔大海秋。
email多爽语，梦感泪长流。
何日霞光里，舷歌唱凯舟。

2003年

【注】

我女蒙蒙留学英伦，春节适其生日。

浣溪沙·忆儿时

家乡老村因水患三迁，面目全非。然滹沱河乃家乡之命脉，童心之牵绕，往事乡情全系于此。今已河枯沙燥，茫然难辨。每每思之怆然。

河水船帆光腚娃，闻香四野找甜瓜，堤头蜂闹暑葵花[1]。　月照枯沙沙似水，云思春树树迁家。乡心至此却如麻。

2004年夏

【注】

① 从小知道的花叫“暑期花”，围绕村边，年年自生自开，生命力极强，有红黄白粉黑颜色和单层双层及满心多种。孩子们在此采蜂戏蝶。近年方知此花学名是“暑葵”。

冷风小月

冷风吹小月，白首对青山。
心底无芥蒂，何须照无眠！

与榕树对话歌

桂林阳朔有千年榕树，苍翠若松，遒劲似龙。叶荫一亩有余，依山傍水。传说是当年刘三姐对歌之处。

漓江阳朔，我访榕树。
干可十围，冠盖逾亩。
千四百载，阅历今古。
独立直拄，不惧孤独。
何以茂密，根在沃土。
何以不朽，风餐露宿。
榕树能容，天助人助。
树或是我，我还是树！

2004年12月

孙大圣三则

孙大圣历来为人称道。吾人既敬重更同情之，尤惜其造反不成、为如来禁锢。冷静想来，无法无天只是理想境界，因为本来就有法有天。吾人从“文革”时期即写过孙大圣的诗，不同时期共得三首。甲申岁末，吾年望花甲，允脱羁绊，亦有一点摆脱紧箍的感慨。只是望大圣兄相距甚远，惭愧惭愧！今将不同时期的三首放置一起，聊表心迹是也！

其一

天地精灵孕孽根，金箍醉打南天门。
无端却是如来掌，五百巨石压老孙。①

其二

苦心苦志苦灵魂，剃度委屈入释门。
猪马呆僧混一路，赎得半个自由身。②

其三

戒律紧箍千百遍，管他暮四与朝三。
老孙岂是胡狲辈，抛却衣钵又齐天。③

【注】

① 天地给孙大圣无法无天的本性，又以天地法佛约束禁锢之，真是自相矛盾。

② 以老孙出身、历练和本领，与猪八戒、沙僧、白龙马和呆鸟和尚为伍，还是徒弟身份，真是折煞老孙咧！

③ 取经成功，悟空是主导的决定因素，唐僧不过辅从或累赘而已。没有唐僧，老孙一个跟斗翻到西天；没有悟空，唐僧早为釜中羹矣。而老唐处处钳制、时时怀疑老孙，常常黑白颠倒，岂不谬哉！

高中四十年聚会口占

乙酉清明，赴石家庄拜访当年班主任纪戊寅老师，师生聚会甚欢，有刘万平、赵冬立，郝素芬、王俊芷等。同班诸君，刘钢赞未及四十已殁，赵志学卧床昏不识人。尚缺数人未得见，诗以怀之。

油灯寒卷忆春温，别梦拳拳赤子心。
倾盖如新华发乱，不知岁月可饶君？

自嘲三则

其一

来去匆匆欲何如，无才无谋也丈夫。
尔来已被读书误，到处逢人劝读书。

【注】

劳碌半生，毕竟书生。未离开诗书文化。但我一贯主张，读书要精少，有创造性地读。切忌繁琐，不追求虚名如博士之类。要驾驭知识，不为知识所累。社会中书呆子和浪费智力者太多。戒之戒之！

其二

平实一树内清狂，特立独行两鬓霜。
草盛花稀踪迹乱，收得杂句半箩筐。

其三

葬花林妹知音少，戴月陶翁豆苗稀。
四季杂花生满树，为求潇洒不守时。

乙酉清明抒怀

几番秋梦连春作，一树杂花带刺开。
入世未求人识我，只须明月落襟怀。

B卷 咏物写真

田园秋色

书生自古伤秋色，今到田家最有情。
春老经年人未老，果红到处胜花红。
金瓜迎客香无语，豆荚欲眠鸟生风。
乡醉禾场不须酒，争扑柿枣共村童。

1971年秋

【注】

“文革”混乱，但秋色依然。

自度梅枝词并序三十首

竹生南国，江北少见。有不少栽培者，点缀园林，京华亦有所见。然茂密者寥寥。尤至寒冬，黯然失色，不得潇洒。吾甚怜之。而梅不惧寒，故作梅枝词，依然刘禹锡“竹枝词”平白风韵之意也。

序词

北地艰难绿几枝，迎风潇洒鲜有时。
既然竹君不得意，试改竹枝唱梅枝。

寒 梅

平川无地安妾家，借住绝峰后悬崖。
独放本无争春意，人间四季不断花。

梅 花

山舞云烟烟弄霞，斗奇争艳桃杏花。
报春梅朵无言语，最早春光到我家。

论 梅

白香长短莫细论，一寸风骨一寸金。
雪助梅君三分水，梅报人间万点春。

【注】

宋人卢梅坡云：梅须逊雪三分白，雪却输梅一段香。

三角梅

三角梅花最有情，疏枝密叶唱晚风。
早春寒苦七月暑，映得中秋月色红。

【注】

余中秋购得三角梅一树，红花正茂，蔚为壮观，是以记之。

腊 梅

蜡瓣如花真似假，梅枝画雾又勾烟。
从来妙品高明处，尽在似和不似间。

雪 梅

云映西湖水不流，无歌无酒木兰舟。
雪花欲挡春消息，早有梅花染渡头。

梅 林

无需计较第几枝，软懒东风日迟迟。
云水朦胧难辨处，蓓蕾幽径初吐时。

春 梅

稔年节令竟如斯，厚暖薄寒忘守时。
冬气未消春早到，染红梅岭万千枝[①]。

【注】

① 近年（从中国至全球）暖冬，节令失序，即使梅花亦不知所措，望春而开，每每提前，福耶祸耶！

冬 梅

玉作精神冰作芽，天涯海角随处家。
人间岁岁争人事，有负梅花绽雪发。

梅 心

胡天八月雪折草，南国新年雨沐瓜。
自古冬春无定界，一身寒暖系梅花。

残 梅

星星点点最堪怜，守住早春一缕寒。
孤独为花不寂寞，留些清气抗伏炎。

桃 花

又把夕阳送一程，好逑君子枉多情。
自从识得林黛玉，宁嫁春泥不随风。

柳 枝

杏雨曾催桃花落，金风未使雁南归。
柳花乱舞行人路，未到长安事事违。

秋 菊

独伴秋风唱黄昏，万花摇落自芳芬。
疏篱一径金万点，不悔此生误东君。

秋 菊

莫悔此生误东君，万花摇落自芳芬。
疏篱一径金万点，独伴秋风唱黄昏。

草 花

郊外草花室内培，殷勤侍弄日趋萎。
原来盆是天和地，经雨经风始展眉。

水仙（一）

根在江南古荒丘，自开自落最风流。
年年为报春消息，肯与葱姜卖街头。

水仙（二）

勘破三冬景不深，玉洁冰质暗香魂。
报春使者花魁首，只需清水一小盆。

花溪

溪流一线向山斜，花气如潮涨烟霞。
别样断桥别样窄，挡住莲舟放落花。

楠溪江

冗繁终日昏似虫，心到楠溪若云轻。
梦里不知身将老，犹逐童伴捉蜻蜓。

原上草

拼将生命越寒冬，叶又青葱花又红。
哪管他人何颜色，自开自落自从容。

二月兰

温室群芳漫争宠，路边小草顶寒青。
早春二月蓝镶地，雨打风吹色愈浓。

田家春

踏青郊外向黄昏，来去匆匆画里人。
扑面杨花谁细看，农家春色不三分。

【注】

东坡《水龙吟》云：春色三分，二分尘土，一分流水。

冬桃园

占得亩地近农家，忙栽草树乱种瓜。
管他冬桃结不结，春苗已见两三花。

玉 兰

新枝老干劲如刀，裁剪风霜吐妖娆。
玉片未随香远去，笑看流水过画桥。

红 叶

山势合围连寺抱，竹篱曲折靠云插。
西山最是红叶好，到此原不为看花。

灯 花

春深巷浅酒正浓，往事如烟蜡烛红[①]。
半是主人半是客，浮沉只在笑谈中。

【注】

① 年过半百，常常思旧，从小学中学至大学同学及以往同事。相聚谈谳，往事如烟，颇多感慨。

松 枝

万木萧疏自青葱，原来气在天地中。
海枯石烂松难老，忘却东西南北风。

尾声叹花辞

每念冰雪去，常恐风雨来。
近忧复远虑，莫若花不开。

1973年夏—2003年春

青 峰

小村如绣染峰青，溪水蜿蜒美莫名。
山气春来共花发，人心到此似潭平。

踏 溪

无歌无酒踏溪行，水绕四门傍云生[①]。
静数群峰潭中影，山不平处心最平。

【注】

① 此诗记的是张家界从金鞭溪至水绕四门的景色。

咏 月

中秋千古月，何必问青天？
未驾风云去，不随人意还。
从容交万物，潇洒度关山。
雨洗风吹后，光华更灿然。

1974年

银河曲

耿耿亿颗星，银河万里倾。
常于旱时雨，总向幽处明。
紫气压魔障，长缨锁大鹏。
周天辗转去，长忆浪涛声。

1974年秋

红豆诗词九则

序：红豆表示爱情，自古文人所重。世纪转换之际，试以长短形式歌之，凡八首，兼怀摩诘先生。

(一)

春光秋色巧编织，妙手裁成红豆诗。
人若有情天不老，千针万线唱相思。

(二)

风针雨线一根根，红豆编织入彩云。
世上皆夸颜色好，真情极处是冰心。

(三)

天上鹊桥倚月架，世间红豆为情圆。
从来佳话多悲戚，一曲相思唱百年。

(四)

塞北飞白雪，江南染红豆。
君心与我心，永结相思扣。

(五)

红豆百年根，经霜色愈新。
相思君莫采，共系五湖春。

（六）

世纪隔洋望，烟波千万重。
中秋慵看月，岁尽懒听钟。
老干春催绿，归帆云带风。
同心结红豆，笑对白发生。

（七）

白马啸晨风，男儿仗剑行。
旗拥边塞雪，梦绕故乡情。
少妇织寒暑，丈夫忘死生。
心中有红豆，应抵百万兵。

（八）月下红豆

窗下锦书和泪写，天边秋雁带霜飞。
腰襦红豆无尘芥，又对月光拭几回。

（九）踏莎行

陌上黄英，云边红豆，春光点染枝枝秀。林间鸟雀喜新巢，天边老燕难忘旧。　　夏远秋深，树肥花瘦。痴心不改相思扣。风梳雨洗见青山，斜阳更在青山后。

原上草

漠视千年替与兴，管它聚散与阴晴。
苍黄下面藏绿色，待到春发猛如风。

1996年12月25日

【注】

百花虽美，其生存竞争之心，明争暗斗之状，依然无情。自然界花木如此，人世间争斗何尝不是如此。

郊外小园

疏密藤萝筛细雨，横斜竹笆箅东风。
悄悄细月挂檐角，夜夜勾出不夜情。

1999年初夏

谜 学

开天辟地就是谜，宇宙茫茫可有期。
生命何时生毫末，人猿底事闹分离。
屈原荆楚发百问，柳子穷思未解疑。
绝顶虽识众山小，飞天才晓云海低。
千古疑案未曾了，万科新知更迷离。
有谜有解增睿智，无问无疑是木鸡，
倘如无问无猜想，混沌世界一团泥。

钓鱼诗

余不谙钓鱼，偶被朋辈盛情相邀，以局外人观之。原来钓鱼之意不在鱼，在乎协调攻关也——主钓客，饵钓鱼，鱼钓人，人钓利或誉。故以打油诗记之。

秋高日影短，池浅杂鱼肥。
各设钩丝计，不知谁钓谁。

美国佬

珍珠港内血腥风，苦战星旗扫东瀛。
扶倒越南吴庭艳，激活朝鲜金日成①。
攻伊未必因老萨，楼毁难都怪拉登。
战斧砍天削地日，称孤道寡是途穷。

2003年4月

【注】

① 美国佬强大是实，但过于自大狂傲，经常事与愿违，聪明反被聪明误，帮了不少倒忙。

英国佬

日不没国老地图，降旗香港底气无。
留得绅士威严相，甘作美弟老秘书。

【注】

英国百年前是世界第一殖民大户，米旗飘扬，称日不落国。近50年逐渐衰落，近年更事事唯美国脸色是从，可悲可叹！

伊拉克

美英以违禁武器为向伊拉克开战理由，查找数年子虚乌有，证据难寻，而发动战争流血死人和占领别国确是实实在在的。

违禁虚无战事开，血光炮火妇孺哀。
大军十万输民主，种下仇根遍地雷。

巴以局势四问

寇雠百代地铸成？①巴以搏击几多绳？
谈打轮番何是了，祭年谁忍告阿翁？②

【注】

① 巴以冲突渊源千载，主要是居地起源。
② 阿拉法特是巴民族英雄，此君骤逝，中东更乱，看不出解决的前景。

东邻

一衣带水近为邻，难泯沟渊万丈深。
吞象蛇心浑未死，又从神鬼祭枭魂。

西方不文明（三则）

西方人科技文化在世界前面。但并非事事处处优越。例如领带、转门和生日吹蜡烛吃蛋糕等等，实不敢恭维，戏说其弊，请勿见怪。

领带

西装革履气势雄，领带百思理不通。
何必再缠许多结，喉舌早已不轻松。

蛋糕

西人做事太平均，生日蛋糕酬友宾。
挥舞刀叉还未了，又吹吐沫大家分。

转门

饭店辉煌坐坐城，大门机巧似转蓬。
成人到此尚局促，何况老年与稚童！

无题（山喜）

山喜不平水喜弯，秋凭红叶夏凭莲。
动人春色知何处，乍暖时节一缕寒。

戏写白话打油诗十则

打油诗词，平白如话，合辙押韵，品相在“竹枝词”和“顺口溜”之间。

（一）湖边

清清湖水水连波，燕子低飞唱着歌。
莲叶轻轻传口信：鱼儿许看不能捉。

（二）云雨

雨对云说我爱你，云说请你莫高声。
雷公电母发疯叫，地动天摇是爱情。

（三）“九·一一”

世贸中心格外高，谁知遇上九一一。
死活不管两穿洞，良莠难分一块烧。
基地阴谋贼严密，白宫防范很糟糕。
推翻老萨出邪气，没见拉登半缕毛。

（四）诗圣

诗圣神经少正常[1]，李白近视又散光。
如何对酒成三影，捉月石矶坠长江。

【注】

① 诗书画以及科学技术，有所创造者往往性情怪异，与众不同，至有神经失常者，世界多见，不足为怪。

（五）偶入包厢

灯幽酒暗梦中人，春在舞娘石榴裙。
万种风情一样假，此间唯有看钱真。

（六）人与动物

人人相互少沟通，狗爸狗妈太多情。
虎豹豺狼打不得，武松今日不英雄。

（七）时间

物是人非千万端，无坚不化是时间。
当年疾首揪心事，几度秋风作笑谈。

【注】

遇事难化解或想不开的时候，不妨向前瞻望一下。时间能消化和淡化一切。试想若干年后，不过笑谈而已，何必苦苦自寻烦恼!这就是求助于时间老人。

（八）过 敏

层林尽染赴高台，雾紫霜红诗满怀。
数叶飘飞秋正好，有人咋叫是冬来！[1]

【注】

① 世上总有神经衰弱之辈，草木皆兵之流，且往往多是掌权者害怕别人威胁或夺了自己的位，实则是蝼蛄不知春秋之徒。

（九）上网戏题

白日沙尘暴，黄河水断流。
欲知天下事，上网看从头。

（十）

辞书多错讹，专著少真知。
万卷迷人眼，未敌一字师。

反其义三首

序：人间事物，好坏两面，不宜一概而论。试作拉拉秧、墙头草、和稀泥三首，是为其说好话的意思。

拉拉秧并序

北方郊外，绿色拉拉秧漫山遍地，缠树压草，刺锐根深。生命力极强，如果没有人力干预，植物世界简直是拉拉秧的天下。

才种黄杨作院墙[①]，隔天爬满绿拉秧。
削枝斩蔓刺还劲，日烤雨淋枝又昂。
未翦蛮荒生恨憾，转思风骨却动肠。
若将品性移桃李，敢与西风斗百场。

【注】

① 黄杨为长青灌木，普遍用作庭园绿篱。

墙头草

风来草木谁不摇，为有此君立脚高。
热渴饥寒从未悔，平添绿色一条条。

和稀泥

十年媳妇吵成婆，杓把谁家不碰锅！
顺气平心成点事，全凭老手把泥和。

木秀园

箭杆河边绿几围，桃花兰草绣成堆。
迷朦醉眼寻诗境，又把滹沱梦几回。

桃 园

潮河左岸箭河边，篱笆斜插一亩园。
报晓无钟凭鸟报，翻书生倦赖风翻。
柳荫密摆蚁兵阵，莲藕轻浸稻米田。
偶尔打开伊妹儿，一封急件半年前。

妙峰山水二首

妙峰水

地窄天高睡大佛①，山环水抱鸟飞梭。
清流一带如银线，道是千年永定河。

【注】

从妙峰坡登高北望，一峰如佛仰卧，惟妙惟肖。

妙峰山

妙峰雨霁净无尘，金色秋风五彩人。
唯有山松不动色，红纷纷处绿森森。

题 月[①]

花簇香薰老西施，沙磨水洗烂吴钩。
超然最是中秋月，冷眼清光望地球。

【注】

① 人类长生不老都是虚妄。许多人追求不老更得其反。不老的只能是包括月亮在内的自然界万物。

冬雷剧雪

2004年11月7日晚，雷声大作，雨雪骤至，史无前例，俗云：二八月不打雷，今已旧历十月矣。故诗以记之。

惊雷骤降破初冬，白雪压枝乱绿红。
道是京城从未有，太平年月话吉凶。

大雪折柳

冬雷剧雪势来汹，断臂折腰未改容。
自有根深连广土，春回依旧笑东风。

【注】

当时秋色未尽，杨柳枝叶浓密，大雪压柳，枝叶残断，但绿色如旧，惜之敬之。

春思四首

（一）

福所伏兮祸所依，行车给水入难题。
城中百业愁风雨[①]，春在田头第一犁。

【注】

① 风雨乃天地精气，生命之源，近年缺水，盼雨之心，如望云霓。城里人（政府和市民）只知交通商旅，对雨雪以灾变防范，谬哉谬哉！

（二）

旧物旧情归烟雨，新诗新月入茗茶。
东风不与花做主，明年春色换人家。

(三)

节气年来韵味消，情人圣诞乱招摇[1]。
龙狮庙会多是假，放炮只能到城郊。

【注】

① 节日是民族传统文化的表现。中华民族的传统节日是春节、清明、端午和中秋等。我们不排除洋节。但有些人还不知道洋节的含义就把什么圣诞、情人节视为神圣，盲从且招摇，岂不谬哉！

(四)

天际云霓连月起，人间残雪伴春消。
雄心已共东风发，破海扬帆弄大潮。

乡 思

晚霞初起云中岫，秋色消于霜叶红。
最是乡思磨不掉，经冬历夏色弥浓。

早 春

南风昨夜过桃林，乍暖还寒总是春。
初醒青苗犹带雪，迟归燕子尚知人。
挑灯醉里已无剑，问月花间常有宾。
不老声中身渐老，短歌长啸抖精神。

春 讯

水软荷塘月，风柔柳絮花。
春归如燕子，最早到田家。

剑 梅

大漠箫声咽，长天霜浸月。
一梅红似剑，划破千山雪。

鸟与笼二题

放 鸟

鸟去笼空未忍离，心稍慰藉复生疑。
世间网密林荫少，何处由君自在啼！

空笼

云外掠飞鸿，人间挂鸟笼。
时时处处网，此物久难空。

哲人云：动物是朋友，生物链和环境为各种生灵共有。鸟类不自由，人类岂能好过！

风筝谣[1]

线多不起飞，无线飞不起。
拴引一条线，飘摇云端里。

【注】

① 风筝看似简单，其实颇有学问，有流体力学、心理学等——要凭风借力，调角度，善牵引，辨风向，找平衡，方可扶摇而上。虽然飘摇得意，然毕竟受人操纵，不得作逍遥之游也。

无花水仙

甲申岁末，得水仙两簇，枝叶葱茏，始终无花。初颇憾，转思乃品性所致，其志在坚守绿色，不以颜色媚东风，亦君子也。遂为之诗。

其一

抱翠团身未绽芽，春头辗转到人家。
痴心绿色终难改，拒嫁东风不吐花。

其二

品性孤独怨个谁，光拂水润未吐蕾。
守身如玉浑不嫁，任尔东风百遍催。

梅花三题

春节时分，趁春寒雪意，写梅花五言三首。诗中不著梅字，意在其中也。

（一）郊外梅

城中居不易，借住野山丘。
冷眼旁观看，庙坛人似粥。

（二）雪中梅

明月诚无价，不如雪意深。
全球欲变暖，冷俏是春魂。

（三）会场梅

原本孤寒性，偏登大雅堂。
灯红酒绿处，不是我家乡。

八九颐和园踏雪

周日，携妻去颐和园。阳光明媚，寒气清冽，白雪满园，人迹寥落。踏雪游湖，乐何如哉！从湖心向佛香阁方向取景留影，机会更为难得。

鸡鸣千遍未惊蛰[①]，冬日颐园雪占多。
摄取湖心冰一片，来年是处认新荷。

（正月二十日）

【注】

① 金鸡年初，已是八九惊蛰节气。然冰雪封，蛰未动。正月奇寒，但春天依然不远。

马坡文学馆口占

正月惊蛰，开会住马坡文学馆。四周绿林，悄然无声。清晨，一月如钩，满窗柔色，洒我床头，遂有此诗。

万绿丛中一彩舟，新茶老酒饮春头。
多情最是如钩月，窥我帘栊态似羞。

马坡春意

顺义马坡北，小园独自春。
草新花没鸟，夜静月窥人。
乍暖鱼跃水，还寒梅守荫。
洗心天地外，诗酒任纷纷。

西湖竹枝词

西湖至趣是清欢，剪剪云风淡淡山。
乳燕稚如新出草，只知苏小不知官[①]。

【注】

① 袁枚以唐人诗句“钱塘苏小是乡亲”为闲章，长官以为不雅，怒而斥之。袁抗曰：若干年后，人但知苏小，而不知公也。

半山半水半云中，雾里看花最朦胧。
借伞佳人还未到，斜风密雨不须停。

细雨桥西古渡头，佳人三两下莲舟。
谁须借我许郎伞，醉死雄黄也风流。

无 题

官如作茧缚身死，名是燃烛须臾无。
淡漠官名留点利，风光虽老不糊涂。

回乡谣

应愧秋风染鬓斑，几番梦境到今还。
村中幼小不识旧，问是哪级糊涂官。

启先生病危

昨夜文坛黯巨星，棋琴书画竞悲鸣。
风流书史谁得似，五百年间一启公。

致地书老者

春日在颐和园，遇老者持巨笔书于地，字遒劲古朴。左右手皆熟练。攀谈几句，乃北大人也。

左右开弓笔如椽，春风清冷意陶然。
何须探问名和姓，心有灵犀认燕园。

过昌平上关怀李维勤君

春到上关阆无涯[1]，当年车马闹喧哗。
管弦歌舞连诗卷，淡寞佛心向莲花[2]。
坎坷先人勤创业，风光子弟善败家。
秋风落叶君归去，空对夕阳叹晚霞。

【注】

① 李君在上关长城脚下创办宫廷大酒店，极一时之盛。

② 当时书画满堂，文人骚客云集；后山石壁刻有三佛，端坐莲花，为元明间古迹，李君精心修葺，为参佛胜境。酒宴歌舞后可研习书画，好清静者则上山礼佛。

春日偶题

文山会海舞桑拿，件件烦他却任他。
今日抛离三尺帽，春深雨细听落花。

题钟馗画像

书画戏剧人物中，最丑陋可憎者，乃钟馗也。京剧舞台上，此公还喷火扭怩，最为不雅。世本无鬼。何须钟馗？

横目张牙暴似雷，登台入室挂门眉。
从来世上无鬼打，只把孩童吓几回。

郊外偶题

新草疏离当春看，余烟缥袅并霞烧。
村头古柳如石踞，只摆新枝不折腰。

寄打工者

背井离乡走天涯，春思未肯并春发。
流离自古出无奈，那个男儿不念家？

小恙戏题

乙酉惊蛰后数日，突觉心躁不宁，红斑起于腰颈之间。问于康复医院，无大碍，湿气过敏，似每年一回。想起鲁迅先生“艳若桃花”语，又值吾诗集《杂花树》编纂甫定，颇为有趣，小诗自嘲，为解颐也！

心浮意躁能是啥，积气春头并春发。
医士莫当癣疥看，分明一树是杂花。

2005年3月17日

新生咏

采蜜雏蜂惊鸟散，初发嫩草顶石出。
从来细小不胆怯，敢向西风摆阵图。

无 题

红颜叹晓镜，华发不忧霜。
又送秋风去，新诗唱晚阳。

蜀 葵

红黄粉紫作篱笆，自小初识是此花。
媲美牡丹不娇贵[①]，常年装点庶民家。

【注】

① 唐人有咏“蜀葵”句云：能共牡丹争几许，被人嫌处只缘多；吾咏洛阳牡丹云：拟想成山又成海，谁知只在几园红。讥其少也。

山村小景三则

(一)

地角天涯处，两三小村庄。
云荒常缺雨，田瘦不交粮。
青壮打工走，翁婆守犬羊。
人稀空气好，从未羡小康。

（二）

春风歇脚处，云外小山洼，
户户石铺径，窗窗纸剪花。
野蔬先返绿，贫女早持家。
鸡犬声音渺，搓麻胜桑麻。

（三）

春风曾不到，天外那人家。
石险云为障，谷深草当花。
田薄蒿占地，日窘女当家。
忽免农耕税，竞先整犁耙。

咏洛阳牡丹

天香国色状元名，客里访君到洛城。
拟想成山又成海，谁知只在小园红。

戏 题

泡会难成真记者，逃学多是好学生。
诵经何必千千遍，一句箴言万事通。

小 园

潮河西北画桥东，小院无须大道通。
翦草有时伤花蔓，灌园难免毁蚁宫。
草花守土三分艳，蚂蚁搬迁十万兵。
细雨斜风竹篱笆，蓬山隔我可千重？

乙酉春

贺石三则

甲申末，刘征、阿龄老师邀游三亚。得奇石于海，喜而为诗。诗石皆奇！余遂为打油数语，为助兴也！

（一）

石非人间物，诗非人间语。
相逢青埂下，痴醉长不起。

（二）

冬末春之头，跑到天尽头。
信步逐浪头，拾得宝石头。
呜呼，情缘万古隔沧海，
及到相逢各白头！

（三）（用毛泽东“九嶷山”原韵）

海霞舞罢海魂飞，出海奇石趁熹微。
未了尘缘还拭泪，天成丽质不须衣。
魂牵梦绕三生谱，笔走云飞动地诗。
从此蓟轩朝暮守，奇石笔砚映新晖。

偶 思

探夏才刚荷茎短，写春不尽柳丝长。
秋思冬绪难裁断，恰似他乡混故乡。

莫 悔

读史谈经笑飞鸿，勘破玄机未肯行。
直笔不解曲笔字，莫悔孤直误此生。

偶得句

杏花飘作胭脂雨，晓月浸成银钓钩。
为有离愁生逝水，送君不去板桥头。

【注】

读袁枚句偶得，逝者如水，久驻生悲，人之常情。

赠愚翁张福起

荣宝斋张福起，师从裱画大师刘金涛，自学成材，书画风格敦厚别致，一如其人，作品只赠不卖，人称怪人，自号“愚翁”。少时在家学生意不成，后去天津跟随舅舅学修车，一次修车整弯轮胎，被舅舅一脚踢到北京，从而成就事业。说来有趣。吾访其家时亲耳听之，口占以赠此诗。

起自农家性峥嵘，修车小卖皆不成。
多亏老舅踢一脚，成就宝斋书画翁。

2005年3月

孝感圣母歌并序

安平圣姑庙，为汉光武敕建，千年香火毁于抗日战争。十年前，为给家乡做点事，我从清华大学建筑系资料室，找来构架方位图片，并草写此诗。

滹沱河边郝家女，自幼贤孝闻乡闾。
父母无子病且贫，况在战乱烽烟里。
家无兄弟誓不嫁，晨耕田畴夜织机。
母患痈疽卧不起，日为流泣吮疮痍。
谁知心慈人不寿，父母双亡女亦逝。
乡中父老嘉其义，村头树起孝姑寺。
孝姑身后八百年，刘秀逐鹿败平原。

三军困顿渴欲死，滹沱干枯沙如烟。
忽有村姑抱罐来，尽饮三军水如泉。
喧嚣敌兵追将至，倾水化作浪滔天。
王莽可望不可及，刘秀自此转为安。
欲谢恩德忽不见，入庙方悟圣女现。
光武登基念圣女，敕为圣姑兴庙宇。
臣问“圣庙高几许”，君曰“洛阳须望及”。
安平城北高台起，洛阳东郊山门立。
倚云高筑圣姑庙，南北呼应逾千里。
物换星移庙不老，教化千年风和雨。呜乎！
千载高台耸入云，王侯去尽孝姑存。
吾乡自古舜尧土，神圣从来出草民。

1995年

【注】

吾村名重华疃，（连列李、彭、刘三疃）《史记》卷一云：虞舜者，名曰重华。又云，舜，冀州之人也。吾乡古属冀州，又曾为安平国，其吾乡乃虞舜之家乡乎！

C卷　山河记游

颐和园

无数金银刹那光，化成名苑甚堂皇。
知春亭绕千秋梦，万寿山缠几柱香。
阵阵杂花人迹乱，茫茫烟雨燕成行。
十七桥孔波犹在，画栋楼船谁为忙？

1972年春

别山庄

天寒烟俱紫，霞染夕阳秋。
北雁携云飞，山庄淹客留。
叶花飘更落，芳草喜还愁。
谁意东流水，潺潺复悠悠。

1973年

暮春八处[1]

八处拾级上，谷深一路花。
雨新松带水，云散翠拥霞。
歧路识过客，青石忘物华。
英雄今何在，没入草人家。

【注】

八大处之第八处实际不在二处方向，而是北侧的证果寺，长期为军队驻守，有“曲径通幽”之妙。

新疆行四首·前二首1986年记于库尔勒

（一）天山月色

夜色朦胧月色悲，秋来犹是夏时衣。
梦中恐惹离人泪，怀抱羌笛不敢吹。

（二）大漠秋风

朔漠昏黄夜渐沉，边声如水透衣纶。
仓皇最是重逢日，沦落人对飘泊人。

（三）初见天池

浓妆艳抹易失真，湖眼山眉最可人。
若问当初何来历，西天王母洗脚盆。

（四）送江津程君并序

七五秋，老同学程积俊自西川来，携妻欲转伊犁谋职，有不平之忾。吾人劝之，仅记四句。

边草风高任奔马，天山雪劲好磨钢。
何当挽却西昌月，西北弯弓射天狼。

黄山组诗

登天都峰

天都聚会我来迟，酒化清泉鱼化石。
舞罢歌歇神女醉，云裳零乱挂松枝。

望云门峰

玉鸟啼鸣汤岭关，翠峰南望气如烟。
云门千载关不住，放得白云飞满山。

北海诸峰

千年梦笔拄青天，百步天梯断似连。
谁驾扁舟犁北海，云肥雾瘦好种山。

莲花峰

天门虽设而常关，啼破金鸡也枉然。
我跨鲫鱼游雾海，九重云外好采莲。

【注】

1982年夏，随教育部高考命题组封闭在黄山，半月时间不许与外界联络。每隔一日即携伴登峰，是以与黄山为友。

登黄山遇雨

登山欲览黄山云，无端却堕黄山雨。
手扣天门久不开，金鸡啼声沉谷底。
梦笔溢墨流香脂，丹青涂抹随山势。
丞相残棋正迷离，仙人晒靴收无计；
双手搂定飞来石，莫教狂风吹复去。
神女羞见飘零客，雾帘风帐梳洗迟。
雨住云歇鲫鱼背，风吹我心透如洗。
自古胜境远帝京，孤独一刻千金值！
须臾云开飞百鸟，群山踊跃松涛起。

1982年—1983年

黄山杂诗

（一）答语文组诸友

奇水奇云山更奇，禁书禁笔难禁诗。
任凭四海飘流客，一到黄山便相知。

（二）醉石台怀李白

石睡何须醒，琴泉日夜弹。
千年梦复醉，云水满黄山。

（三）登高

不踏黄山不知高，浮云松海皆涛涛。
看得天地无边界，荣辱是非都可抛。

书厦门福达彩卷公司

掘山填海植新根，圣手三千绘彩云。
世上争夸颜色好，最珍贵处是精神。

1991年5月

镜泊红罗女歌

镜泊湖畔红罗女，地上芙蓉天上虹。好逑君子八方至，倜傥少年富家翁。千呼万唤若不闻，山自青葱湖自冰，红罗女，太无情！

古来几多真情在，红颜身轻似飘蓬。举案齐眉尴尬事，西厢红楼梦皆空。一匹红绫半盏酒，锁入洞房月空明，红颜女，何痴情！

冰化雪消春已老，当日红颜白发丛，年年岁岁花相似，暮暮朝朝情不同，今人争看红罗女，惟见月影照潭空，意纵横，心难平。

1992年7月25日

【注】

根据传说，红罗女美貌绝伦，因看破红尘，终身不嫁。

镜泊湖三首

（一）镜湖秋色

何时天上镜，跌落乱山中？
几度烟尘净，一湾水自明。
风轻抹宠辱，雪重掩不平。
盛世渔樵歇，酒旗别样红。

（二）地下森林

天陷不平紫气浮，峥嵘万物自春秋。
地心涌起千寻箭，不射苍穹势不休。

（三）野花

到处野花开无名，人身宛在梦游中。
经春历夏无人采，辜负东风一片情。

【注】

关于镜泊湖的几首，当时中央知识分子办公室邀请著名科学家去休养，我为随同记者。

清平乐·角山长城

长城脚下，暮色谁描画。烽火台边弄琵琶，醉了一天烟霞。　　金戈铁马胡笳，牛羊牧草人家。经过多少风雨，依然杏李桃花。

1993夏

【注】

角山长城在山海关。

桂林漓江二首

（一）漓江

巨笔挥天外，涂描雨和风。
无心飘作带，随意便成峰。
回转喜幽远，崎岖赞不平。
乡关何处是，翠幕万千重。

（二）阳朔观雨

风随鸟翅归林苑，雨趁蛙声下水塘。
洗却铅华三百里，数峰如笔抹斜阳。

1993年10月17日

满江红·秦皇岛冬日望海

雾散云收，遥望海，无边澄澈。雁声里，北风萧瑟，关河静默。盛夏浪花飞浪子，秋深黄叶舞黄鹤。到如今只有水连天，风和我。　　黄红绿，皆秋色。冰水火，共寒热；把龙兵蟹阵，依样消磨。日日海潮消后涨，秋秋明月升还落。最无情、弱水覆新舟，千帆过。

伏尔加河

万里伏尔加，骄阳照白沙。
水流柔似乳，莲娜高如塔。
两渡满歌酒，百年话桑麻。
深情山楂树，忘却在天涯。

1995年8月1日

【注】

访俄至伏尔加。由当地媒体接待，陪同记者莲娜，排球健将出身，高1米90，有男子汉之豁达，又不乏女性之柔美。

内蒙行踪

（一）昭君墓

叶落何须定归根，大青山下柏森森。
明妃倘若生今世，水漫三峡也移民。

（二）包头

至此黄河弯似弓，可汗回首射云中。
金戈铁马霜风冷，万叶成秋一夜红。

1996年11月

泰州梅兰芳公园

湖绕梅园草茵茵，从来新曲才入云。
后人只仿梅郎韵，龙虎子孙细如蚊。

1996冬

【注】

任何文化都在于创造。京剧亦不例外。现在基本是年轻人完全继承老师衣钵，一招一式甚至缺点都要克隆。令人担忧。

惠州西湖

广东惠州亦有一西湖，景致优美类杭州，下榻湖中宾馆，有杭州西湖刘庄的感觉。可惜不为外界熟知。

梦醒惠州曙色光，原来小住水中央。
苏堤秀色迷南北，误把朝阳作夕阳。

香山蒙养园

西山访红叶，红叶染南山。
近趋疏淡淡，远眺火欲燃。
秋风生古意，节诞叹中年。
佳期梦中觅，至美片面看。

【注】

这里悟出一个道理，即学会“片面地”看问题，因为问题本身常常是不全面的。片面往往更深刻和接近事物的本质；学会含糊、概略地看问题，不要太接近太真实和太细密，要有距离感，真和美往往是这样发生。

美国加州印象

飞翔万里驾西风，物类人同韵不同。
迤逦山峦真似假，参差花树春驻冬。
无家醉汉栖闹市，有姓豪宅唱空城。
寄意寒星思故土，我歌应过大洋东。

1998年2月

昌平上关宫廷酒家

目送长城远，风吹天地开。
北国灵秀气，齐聚上关来。
携酒倚山醉，访花踏雾摘。
真情最无价，莫论黄金台。

秋夜长城

烽火烧残夜，秋声动地哀。
无情天上月，至此也徘徊。

【注】

老友李君维勤，为北京劳模，曾经创建白孔雀艺术中心，退休后在昌平城里和上关创办宫廷大酒店，名噪一时。君为人儒雅，广交文武豪杰，吾曾友之助之，不幸于2004年中秋病逝，痛哉！

草堂诗魂

贫病交加君去后，诗魂万里少知音。
千般楼宇皆不是[1]，唯有茅屋似故人。

1999年9月8日于成都

【注】

① 今之草堂，阔若宫廷，既非当年面目，更非老杜情怀。

薛涛井

薛涛井畔访薛涛，却见竹涛阵阵来。
自古才情难寂寞，千年井水起波澜。

1999年9月9日

都江堰

岸边何必重重庙，江堰长留不朽碑。
李氏父兄无片语，舞文弄墨竟成堆。

1999秋

刘备墓

燕赵席履锏，长埋锦官城。
宫花依旧在，墓草为谁青？
煮酒三巡冷，用才两代穷。
豪杰闹独立，庸碌不纷争。
千年风雨住，江碧落日红。

武侯祠

新花旧柏各纷纷，未了千年梁父吟。
谋画隆中慷慨士，托孤白帝涕零臣。
人心向我难成我，天道怜勤不助勤。
前后出师皆不朽，终归一统胜三分。

杭州桂花节并序

1999年旧历9月6日，适余生辰日，携夫人，在西湖刘庄宾馆。

歌舞西湖起未休，桂香阵阵漫杭州。
山描水画分三岛，雨细风疏共一楼。
墓立千年怜苏小，歌缠百树羡雎鸠。
识得天下好风景，管甚秋风染白头！

【注】

三岛一般指孤岛、湖心岛和小瀛州。

海南组诗

海 南

孤独一客走天涯，小雪时分处处花[①]。
暮伴彩霞浮碧水，朝随鸥鸟踏澄沙。
同窗兀自肥如虎[②]，事理由它乱似麻。
胜景连绵未迷眼，此身尚有自由枷！

1999年冬

【注】
① 时值小雪节气，三亚碧树红花；
② 传闻同学某君，海南致富，财产亿万。

天涯海角

天本无涯海无角，浮云蔽日风自扫。
名缰利锁沉没处，渔歌阵阵烟波渺。

1999年12月1日

三亚大东海记

水碧孤帆远，山斜落日红。
胸襟连大海，波浪不须惊。

鹿回头

涨落山连海，进出门带云。
千年回首望，为有未归人。

【注】

未归者何？或传说中的情人，或亲朋至友，或海外同胞，或台湾宝岛。总之是当归未归之人，思之未归之人。不必确认所指，此古今为诗之道。

登　高

功名方外物，乐趣探求中。
绝顶多寒意，众山味无穷。

蒲松龄故居

(一)

半醒半痴半消沉，画狐画鬼更画魂。
百年教训堪记取，鬼狐丑恶逊于人。

(二)

屡落孙山君大材，文章笑骂留仙台。
深深小巷斜阳短，几簇寒梅万里开。

2000年3月30日

喀纳斯湖三首

湖 韵

水抱山环无芥尘，浓妆花树淡妆云。
神仙日子才一日，又返人间去做人。

湖 谜

吞舟鱼怪藏何地，神女往还可有期?
莫打砂锅问到底，从来无价是迷离。

【注】

喀纳斯湖有鱼怪吞舟之传说。扑朔迷离，人向往之。当地掌权者欲探问究竟，雇高人、动用高科技多方探查，花费甚巨，结论是：无鱼怪，只不过巨大红鱼而已。谜者，人间财富也，何必解而破之?有谜无价；破谜，破财也。

湖之思（喀纳斯湖）

水落山出不可收，白云绿草各悠悠。
松高竞向云边指，玉满先从缺处流。
路转坦平生怠倦，人临胜景起乡愁。
神仙屡被盛名累，无虑无忧我自由。

2000年7月28日

渔家傲·访新疆鬼城（用范仲淹韵）

新疆鬼城在乌鲁木齐北约八百里。细看是自然景观，传说曾是古战场。

溟莽千尊姿态异，狰狞斗怪无恶意。万道风烟拔地起。荒漠里，城无攻守不须闭。　　人鬼殊途今邻里。邀君共醉偏无计。把酒狂歌歌坠地。如梦寐，潼关白发兵车泪①。

【注】

① 杜甫“三吏”“三别”之《潼关吏》《新婚别》和《兵车行》，均写兵士征战、边塞相思之苦。范文正公词亦含此苍凉意。

秋住香山饭店有感

灿烂落霞烧晚叶，清澄秋水洗白云。
风光还是旧时好，哪管今人胜古人。

2000年11月初

浣溪沙·莫斯科冬日

连月阴霾未展颜，雪花片片又团团，灯霓入夜竞光鲜。　领袖长眠民半醒[①]，红场花蕊冻欲燃。刺云棱剑拄青天[②]。

【注】

① 指列宁和斯大林。

② 指反法西斯胜利广场的三棱利剑，高数百米，直刺蓝天。

陈独秀墓

独秀一支天柱山，划开夜幕报晨寰。
英雄何必清如水，留待后人品谜团。

2002秋于安庆

【注】

独秀先生对中国共产党建立和中国现代文化的贡献不可磨灭，其气节情操为人景仰。

浣溪沙·慕田峪长城

秋尾冬头光似泼，叶红雪白巧相合，醉人景色几山坡。　　观览凭车兴味浅，攀援砥励壮思多。城楼争唱大风歌。

2002年深秋

则天女皇墓

雨歇风住帝号除，归隐乾陵伴丈夫。
旷代女皇谁得似，有碑无字胜万书。

2002年初冬

访台两首

望　海·访台有赠

北风阿里山，暖雨澎湖湾。
落叶盼圆月，彩云思旧帆。
敌邦尚来往，骨肉怎不还！
两岸三通路，箭飞一瞬间。

嘉义吴凤墓

嘉义县有吴凤庙。述说早年高山民某部族，以猎取他族男子头颅祭天为俗。汉民有吴凤者，与之来往为友，多番劝其改掉旧习。部族听之。数年无事。某年酷旱无雨，族长以为得罪上天，执意恢复猎头之举。吴凤苦劝不听。即对首领曰：若必如此，则某日某处有汉族男子着白衣骑马经过，可猎杀之。及其时，部族埋伏，果见男子白衣乘马，翩翩而来。乱箭齐发，迸血而死。近视之，乃吴凤也。部族愧疚万端，自此革除旧习，族间以礼相待。舍己头止仇杀，吴凤，乃英雄也。

地震削山半，冬深未断花。
千年赞吴凤，舍死解仇杀。

2002年12月

黄叶村

元宵郊外去寻春，竹密雪疏黄叶村。
一部红楼都是梦，养活多少蠹虫人。

2003年正月

【注】

《红楼梦》作为第一才子书可谓不朽。但研究者旁门左道者多矣。许多所谓学者考证其地理人物原形，隐喻事件，作者秘闻等等。奇想怪论五花八门，其实，连西山此黄叶村也不过是捕风捉影，煞有介事。须知红楼是小说呀!好在文人无聊。搞些研究，混碗饭吃，有益无害罢了。

武陵源

何来鬼斧与神工，十里画廊画不成。
溪水柔如初嫁女，松石苍若老渔翁。
林间细雨缠绵绿，岭外残阳寂寞红。
欲避桃源人迹乱①，武陵空忆采菊公。

2003年3月

【注】

① 胜境人皆向往。人众则嘈杂不静，非复陶渊明先生“鸡犬之声相闻，老死不相往来”之境界。全中国、全世界景点皆如此，无可奈何！

金鞭溪

头上峰峦重复重，云中走走且停停。
花深林密溪不断，听取春蝉第一声。

桃花源

美到奇绝不似真，纵无真相有真魂。
桃花依旧陶翁渺，身在潇湘心向秦。

【注】

桃源之桃花，无论花势规模都不足与北方桃花相比。千里来访，我心向往的是秦人村落，更因为他渺然不知何方。

浣溪沙·湖边吟

湖眼山眉水作裙，轻妆淡抹总均匀，生灵在此皆相亲。　　四海为家云无界，千帆唱晚月有根，青山莫作白头吟。

浣溪沙·江南行

一路苏州复常州，无名小镇各风流，秦淮月色照石头。　　无锡锡山山无锡[①]，莫愁愁女女莫愁，闲来卧看大江流。

【注】

① 此句为流传上句，称百年无绝对。吾试以莫愁对无锡，平仄欠稳，只好如此。

敦煌二首

玉门关

天涯寻觅玉门关，烽燧孤独带晚烟。
无限秋风游子意，清泉如酒月如镰。

月牙泉

不尽绵绵沙似纱，青烟绿树笼人家。
天怜塞外相思苦，大漠中心种月牙。

2003年9月

大漠春秋

大漠飞天展画轴，风烟南去水西流。
秋秋旧月翻新月，岁岁青丝变白头。
雁阵几回穿海市，羌笛一曲动蜃楼。
干戈止息江山改，直把沙洲变绿洲。

过玉门

单车出玉门，大漠静无垠。
秋色浓于酒，归心淡似云。

左公柳

访东疆住哈密，见河边柳树参天，叶肥类桃，乃左公柳也。当年左宗棠定边广植柳树。今干戈止息，烽烟不再，唯此柳茂密，连绵千里，纪左公之功也。

万马西征五十州，沙埋雪打烂无钩。
葱茏最是左公柳，绿到天边不肯休。

常书鸿故居

阳关无界野茫茫，古道西风路更长。
缓缓驼蹄耕大漠，匆匆雁阵背夕阳。
天留碧水沙藏月①，人塑千佛鬼盗墙②。
佛法无边难自保，书生一介护敦煌③。

【注】

① 指月牙湖。藏之沙漠，人皆珍爱。

② 美国等西方文化大盗，竟使用刀挖、布粘等手段破坏、盗窃壁画，何其“文明”乃尔！

③ 常书鸿被誉为“敦煌保护神”。

伊吾河谷

伊吾境内盐池，又名幻彩湖，长30公里，因天气变幻颜色。美如仙境，我到之日，正呈现彩霞颜色。

镶金抱翠任由之，变色胭脂五彩池。
世外伊吾天画就，诗人到此竟无辞。

巴里坤

巴里坤在伊吾之西，古为内地与新疆通道，各民族文化在此交融，古城完整，文物繁多，官府商旅遗址十分丰富，保护较好。

隔水隔山不隔云，伊吾直取巴里坤。
千山倒挂湖中月，万绿争藏草底春。
到处温情醇似酒，绝无走兽恶于人。
世间信有桃源在，岂止陶翁卓不群。

舟山行二首

舟 山

自从识得大海面，不见风浪总相思。
人来观潮八月暑，我到舟山大雪时。
定海有山皆怒立，普陀无庙不展奇。
施主有求身碌碌，香烟无欲日迟迟。
佛法无边岂去返，人性纯良任曲直。
一生祸福无定数，唯有明月信可期。

【注】

普陀最早起源“不肯去观音”，言宋时日本高僧从五台山请得一观音自舟山渡海。风浪骤起，佛不肯去，就地为庙，即普陀寺。

古 寺

雨霁山如醉，云轻寺欲飞。
佛心本无界，莫论归不归。

2003年12月

世纪末三亚行二则

向晚游泳

抛却烦冗事，偷得半日闲。
身浮随碧浪，气定若南山。
暮霭乘潮起，归帆挂月还。
匆匆小鸥鸟，今晚落谁边？①

【注】

① 余近月事繁心乱，常常羡慕街头散步闲谈打牌者之从容悠闲。医者谓与年龄有关。吾以往自感身体精力尚健，实已近花甲之年。东坡说“老夫聊发少年狂”时尚不满50岁。看来年不饶人，逞强不得。来三亚，为养心也。

蜈支洲岛

为洗年来尘与忧，南飞万里蜈支洲。
碧波依旧人心改，爆竹声声羊变猴①。

【注】

① 未申之交来海南，发现人们聪明了许多，亦狡猾了许多，好似一下子由羊变成猴子，祸耶福耶！

从焦作至洛阳

黄河至此水澄清，车过王屋忆愚公。
人与天争福酿祸，洛阳污染上排名。

【注】

2004年7月15日，应邀赴豫游，从焦作云台山经济源，过王屋山侧，从小浪底水坝过黄河至洛阳。亲见沧海桑田，人力功过，感慨系之，人工筑坝，破坏生态，利耶弊耶！福耶祸耶！又见报讯，全国污染严重的10座城市中，古都洛阳名列第十，诗以记之。

白洋淀三首

荷花淀怀孙犁①

荷花寥落鸟空啼，蒲苇迎风据老泥。
始信文章憎盛世，天公不再降孙犁。

【注】

① 孙犁以荷花淀派首领知名于世。与我是安平县老乡，常有来往，吾以师事之。文章当随时代。没有苦难硝烟，孙犁风骨难再。

芦花荡

烟笼莲舟翠笼堤，乡音古调卖熏鱼。
荷花淀里红依旧，只把战旗化酒旗。

芦苇长城

苇筑长城厚几重。曾伏抗日雁翎兵。
江山已改情依旧，呵护荷花百里红。

岁末漓江行四首

浣溪沙·印象·刘三姐

十二秀峰聚水滨，演员千百朴存真。齐天歌舞遏流云[①]。　　三姐经商才致富，牛哥蛮舞为脱贫，机关还是老谋深[②]。

【注】

① 阳朔巨型歌舞“印象·刘三姐”，以天地为舞台，依江傍山，有十二坐秀峰作背景。上千百姓参与演出，壮观非常，堪称天下第一。

② 此项目为张艺谋策划，无论从艺术上还是从商业角度都是创新。（而真正的刘三姐黄婉秋只是利用个人的影响在桂林建造了娱乐城），张艺谋果然老谋深算，胜人一筹。

伏波山

东汉马援有平定西南之功，被刘秀封为伏波将军。桂林有伏波山和将军一箭定边疆的传说。

尸骨马裹气铮铮，叠彩伏波绿几重？
臣亦择君名句在，江流不似旧时清。

【注】

马援曾有马革裹尸还的壮语；其投奔刘秀时所说“当今之世，非但君择臣，臣亦择君矣！”更警策深刻，说透了君臣之间的真正关系。为千古名训。

漓江歌（自度曲）

别来又访漓江水，江我非昨。
当年曾照少年头，岁月磋砣。
山老水老人亦老，西风失色。
江山代谢阅今古，欲休还说。
一带弱水堪负载，万众千舸。
云烟过往多少影，依旧寂寞。
壮志恰似漓江水，逐年消落。
细看风姿终不改，曼舞悠歌。
情如青山缠碧水，耳鬓厮磨。
心如云飘水自柔，无须雕琢。
性如山涧小溪潭，未足也乐。
天地曾识飘零客，是我非我！

阳朔买扇

向晚在阳朔西街散步，见字摊有字帘招摇。“李树”二字赫然在目，与我名契两字，顿生暖意。其主曰甘霖，在此刻章卖字，字亦古朴遒劲。遂买其扇，请其书我“野草”诗一首。

相迎李树顿觉亲，买扇题诗意淳淳。
多少颜回居陋巷[①]，西街莫讶遇甘霖。

2004年12月

【注】

① 民间有才艺者多矣！诗书画佳品多矣！多数埋没。出头者只能是凤毛麟角，古今一也，不足为奇。

西湖雪五首

2004年12月29、30日，在杭州凯悦酒店。窗对西湖，大雪连日，寒峭逼人，百姓则欢呼雀跃，争相出门踏雪，以为识得冬滋味也！

（一）

岁末江南气候殊，钱塘冬至雪平湖。
断桥未断红一抹，好个冬梅傲雪图。

（二）

山湖皆白漫无垠，雪里梅花显精神。
我是独行千里客，临窗把酒唱花魂。

（三）

玉蝶飞舞叩新春，雪打千家不闭门。
寂寞独怜苏小小，银妆素裹忆王孙。

（四）

岁岁说冬不见冬，依然柳绿对花红。
忽如一夜西湖白，冬韵原来在雪中。

（五）

向晚湖畔酒楼，西泠印社经理（原为温岭邮电局长）设宴，论及大雪与西湖趣事，并许以印章相赠。不几日托人送来，吾甚喜之。遂以此诗作答。

寒流水汽会东吴[①]，碧落凡间界限无。
钤下一方天地印，山肥水瘦认西湖。

【注】

① 科学云：雨雪乃北方寒流和南方海洋暖湿水汽交和而成，今冬尤烈。

D卷 人才诗史

一剪梅·读史

史海观潮趁酒说，无限曲折，不尽风波。从来功利把人磨，成有几何，败有几多？　是是非非可否可，成也萧何，败也萧何。史家笔墨空涂抹，翻了书车，化入江河。

【注】

史家的笔墨不可不信，未可全信。一是为自己的视野能力局限，更是为时代和掌权者局限。史家也要食人间烟火，经常要求和掌权者保持一致，就主观或违心地篡改了历史，不足为怪。

邯郸丛台

舞罢歌消王气微，寒鸦数点总徘徊。
夕阳惨淡回车巷，秋草萧疏赵氏碑。
十万降卒千层泪，一抔黄土几坑灰。
无情最是风如旧，抹尽黄粱喜与悲。

1995年1月

恶的历史作用

君王竞奢华，社会慕虚荣。
致使长城下，复凿十三陵。
骨堆金字塔，血铸兵马俑。
贵族饕餮志，百姓蜂蚁功。
欲望如魔火，从来不分明！
善恶混青史，胜者便英雄。

【注】

其实，历史是帝王将相和群众共同创造的。且胜者王侯败者贼寇，历史是无情残酷的，任何文明都经历了血与火的洗礼。

南北势不同[①]

三国战赤壁，曹公折剑戟，
苻坚败淝水，草木如卷席。
王浚展楼旗，宋祖虏李煜，
元帝乘西风，清骑飞鸣嘀。
最终归一统，北胜南不敌。
革命起井冈，围剿势低迷。
旗手望北国，矢志图转移，
两万五千里，红旗到吴起。
一曲沁园春，蒋公徒叹息！
更上黑龙江，南下三战役，
秋风扫落叶，凯歌唱“十一”。

缘我中华土，北高南势低，
塞上大风歌，西湖霓裳曲，
燕赵多慷慨，江南少霸气，
劲风吹春蕊，流水落花去！
纵然非天意，规律加机遇。

【注】

① 南强北弱，以北统南，是历史现象，其中必有规律可循。

咏史二十五则

尧舜禅让

尧舜英名万古尊，君王本色乃平民。
身先卒士风掀草，黔首蓬发雨洗尘。
断事均平无点利，选才谨慎只贤臣。
莫将禅让多夸耀，苦担移肩付后人。

【注】

韩非子说：古之让天下者，是“去臣虏之劳而离监门之斩也”，故不足以夸耀。那时候权和利是不相干的，有权者非但无利可图。还要吃苦在先。直到有了阶级和私有之后权和利才结合一起。

武王伐纣

血流漂杵应无据，反水倒戈信有真。
自古兵刀双刃剑，裁决胜负在人心。

【注】

孟子说过：武王伐纣之战，异常残烈，“流血漂杵”。

太公钓鱼

眼若秋鹰须若银，悬竿老者望风云。
假如不遇乾坤转，白发成灰竿化尘。

姬昌敬贤

有竿无饵坐蹯溪，心事苍茫望赤旗。
不是姬昌开倦眼，万千智叟化青泥。

烽火诸侯

烽火诸侯戏笑频，犬戎来了不称臣①。
君王自己没成色，却怪女人是祸根。

【注】

① 周幽王为犬戎所杀。

刘邦成功

英雄乱世起穷途，百战如读百卷书。
溲溺儒冠知错改[1]，成功偏在“三不如”。

【注】
① 刘邦起初鄙视儒生，解其冠，溲溺之。

项羽自杀

子弟八千去不留，虞姬舞剑大江愁。
起兵同仗青霜剑，刘斩长蛇项砍头。

太史公

大道无形太史公，千秋笔墨解鸿蒙。
披肝沥胆奇冤后，警世悲天品性中。
功过是非岂隐讳，王侯俗子任说评。
直书皇帝流氓相，报告文学老祖宗。

王莽功过

废汉立新朝野忙，忠奸勿以此衡量。
黎民只要能温饱，哪管皇家刘与王！

王莽改良

大厦将倾火欲燃，定时炸弹一丝悬。
无人能有回天计，王莽改良触机关。

曹操

青梅煮酒盖世雄，一统三分奠基功。
饮马长江王霸气，赋诗明月苍凉声。
皇袍衬里求谦逊，白粉涂颜落骂名。[①]
倘若直登皇帝位，后人谁敢论奸忠！

【注】

① 就曹操当时的地位、影响，完全可以取代汉帝自立。谁知此君谦逊多虑。有实无名，说什么“苟天命在孤，孤为周文王矣”，照历史学家翦伯赞的话就是：“把皇袍当衬衣穿在里面，反被人抹了一脸白粉。”正是：

豪杰并起最君能，武略文韬载酒行。
倘若直登皇帝位，后人谁敢骂奸雄！

教弩台

教弩台在合肥。为三国时曹操张辽训练士兵教练射箭处。

包公刚正皇宫倾，王猛神机淝水哭。
教弩台高说阿瞒，张辽平地起降卒[①]。

1982年6月26日

【注】

① 张辽原为吕布属将，吕布死后归降曹操，得到曹操重用不疑。

隋炀帝

天道初平帝道荒，三千粉黛聚阿房。
岂因忧报杀铮史[①]，何妒燕泥落空梁[②]？
一户逍遥百姓苦，三宫日短运河长。
民心化作春秋笔，勾却隋杨换李唐。

【注】

① 有忠臣报忧，皆杀之以饰太平。

② 薛道衡有诗“空梁落燕泥”为世人称道。炀帝嫉妒，借口同情叛逆杀之。还悻悻地说：“复能做空梁落燕泥否？”

则天皇帝

当空日月照字新[①]，武略文韬女帝君。
桀骜冥顽椎刺骨[②]，骚人传檄笑微颦[③]。
飘摇四子宫灯马，媚靥二张石榴裙。
完璧归唐无字冢[④]，解铃人是系铃人。

【注】

① 武则天造字“曌”，为日月当空之意。

② 太宗时，有烈马名“狮子骢”，难以调教，武则天说，她可以用钢椎刺马的脖子制服它。

③ 骆宾王作讨武檄文，气势磅礴有文采。武则天听了檄文，微

微一笑，称赞骆宾王的才思。

④武则天临终嘱咐“去帝号，称大圣则天皇后”，算是回到李唐家庙做先妣。

李 杜

自古功名喜并忧，轮番笔墨误白头。
多亏李杜孙山外，留得诗篇千百秋。

【注】

功名这东西，是不才者之药——对于不上进者或庸人是激励；是才者之病——对于才者是束缚。要对症下药。假如文人都迎合皇家，痴心功名，就写不出像样的独创的作品。李白献给杨贵妃的清平调“云想衣裳花想容”“一枝红杏露凝香”之类，分明是阿谀之辞，庸俗肤浅，充满脂粉酸气，为大诗人一生败笔。后人不品优劣，屡屡以精品引用之，悲哉!

诗贵平白

艰难用典掉书袋，佶屈聱牙解不开。
细数流传千古句，皆从平白语中来。

宋祖兴亡

陈桥兵变技雕虫，以宋代周势所成。
榻侧不容它姓睡，后宫烛影斧声声。

李煜

曹彬破城日，后主醉歌时。
家国三千里，换得绝妙词。

包公

放粮陈州有此行，京官谁敢忤龙廷。
算来自古清官少，才使民间唱包公。

戊戌变法

中洋新旧斗纷纷，（斗争内容）
君不君来臣不臣。（光绪和袁世凯）
善恶未得善恶报，（慈禧和康梁）
解铃不是系铃人！[①]

【注】

① 自经之系，倒悬之急，自者不能解，系者更不会解，多由他人解救之。纵观古史中的难题大事，系铃者解铃实属罕见。中国封建制度的终结，也是在外来思想影响下，以共和体制取代帝王制度解决。

文物悖论

秦墓密藏千亿宝，明宫罗列万间屋。
假如皇帝都节俭，文物珍奇可有无？

【注】

细思之，果然奢华有功，也是恶的历史作用的一种体现。

胜负结局

媾和总是兵压境，禅让多因剑抵腰。
胜者王侯败者草，吹吹打打换新朝。

中国统一趋势[①]

大块中华难久分，南柔北劲势不匀。
从来一统如席卷，南举降幡北事君。

【注】

① 中国历史确实有此规律性现象。个中原因何在，当须另写文章研探。

E卷　嘤鸣友声

菩萨蛮·送友人

茅屋不锁凌云志，漂泊更晓天下事。莫道无知音，春风尽识君。　　鸿鹄西北去，孔雀东南舞。何处是归程，关山千万重。

1968年2月

【注】

这是快到毕业年限，和同学告别之前的嘱咐。

赠学友王君

横扫千军气咻咻，娟娟竟是一女流。
冬花笑点漫天雪，铁树轻描万里秋。
说树庄端枝整貌，教花宽厚花点头。
烽烟弥漫崎岖路，热血潇潇向九州。

【注】

北大西语系小女孩王某，“文革”时一个人成立“横扫千军”战斗队，与我们同派，极为激进。毕业后却与本系铁杆对立派结为夫妇。思之有趣，可见当年幼稚可爱。

暮春

杏花落尽落桃花，漫道东风到谁家。
雷入浮云难为水，雨催老树又抽芽。
立春踏雪拔新笋，盛暑随风祝桑麻。
不是京城局外客，乡思每在日西斜。

1970年春

赠友人二首

(一)

无情最是春如旧，咫尺天涯又一年。
岭外浮云风自扫，中秋夜色谁共看。
但求生死能知己，不愿千金买婵娟。
大路多歧学闯道，前程只在肯登攀。

(二)

目送群芳春已老，此间独有晚花香。
数经离乱未抛泪，一见知音真动肠。
几度秋风吹叶落，谁家归雁又成行。
山穷水复无疑路，自此程程共潇湘。

1970年秋

送索君

十载匆匆竟何如，烟波稍定未结庐。
桃花城里伤春老，雄鹿中原待勇夫。
燕雀犹思争千尺，鲲鹏何事不南图？
与君别意秋江水，流到分时总踟蹰！

致朱君[①]

骤起风雷听未真，西山脚下养精神。
借得小院春一角，朝看落花暮看云。
往事从容如逝水，前程依旧似故人。
此行胜过书千卷，来日春光倍还君。

1976年

【注】

① 我好友、同学朱君，因“文革”事受到审查，转年解脱。诗以慰之。

清平乐·赠友人

天涯芳草，燕子踪迹渺。秋怨春愁何时了？轻拿轻放最好。　　三山五岭月明，江南塞北清风。柳暗花明心路，载歌载酒征程。

【注】

劝人遇事想得开，以此赠送失意忧愁的青年朋友。非指一人。有年轻朋友忧愁困惑，常常以此慰之。

寄孙犁

孙犁为我安平县同乡。我以师事之。曾两次去天津拜访，说及家乡事物，感慨颇同。来往信件中讨论及如何拍摄电影电视剧《风云初记》，慨叹滹沱河已干枯不再。故有此诗。

水断桥空龙不舞，河南河北皆枯土。
公仆如梭多墨吏，冀中十年少春雨。
滹沱不知何处去，沟渠腥骚水如腐①。
二十世纪河北民，空忆当年王介甫②。

【注】

① 滹沱河，冀中第一大河，根治结果，河已杳无踪影。
② 王安石名介甫，致力改革，民得其惠。

金缕曲·为教师和赵朴初先生

神矢逃无计。付终身，教师队里，耕云播雨。情痴深深深几许，蜡炬春蚕堪比，都付与莘莘学子。霜剑风刀千嶂里，未能泯，忠诚千万缕，肝与胆，对天地。　群英浴日聚海隅，向波涛铭心励志，吐吞珠玑。赖有诗翁托明月，相赠一曲金缕，融铸了笃笃情义[1]！教育从来多艰窘，赖全民社会齐协力。宏图展，新世纪。

1979年夏

【注】

① 当时在北戴河，赵朴初老人赠休养教师《金缕曲》，与会者大为振奋。

赠刘忠笃[1]

自与君别矣，烟波千万重。
风急一盏酒，寂寞几声钟。
霞染枫林晚，根归落叶红。
相知不计日，忘却白发生。

2002年秋

【注】

① 刘忠笃君为发明家，“文革”历尽苦难。吾人曾经为之奔波解困。中年赴美，曾获日内瓦发明金奖。

世纪之交赠敢峰

敢峰，本名方玄初，著名教育家、哲学家，青年导师。中年时出任景山学校首任校长，即以《人的一生应当怎样度过》驰名。曾与我在教育部共事，相交相知多年，吾极敬重，以师事之。

人生解读铸名篇，屡探玄机敢问天[①]。
弱弩铁锤皆利器[②]，夕阳偏爱老青年！

【注】

① 敢峰曾倾心探研过著名数学难题“哥德巴赫猜想”和“五色定理”，达到呕心沥血、废寝忘食的程度。是否真的破解，一时难于定论，留待后人验证。但毕竟是一家之言，一派学说。

② 敢峰有联云：“万斤铁锤击蚂蚁，弱弩之末穿铁板。”足见其坚毅和韧力。

附　敢峰读《杂花树》赠诗

独挑诗篋过大荒，杂花野草壮行装。
昨宵喜读三百句，处处闪烁哲理光。
山高无知欺月小，石出凌空傲汪洋。
待到国学创新日，与君共醉北斗旁。

赠戴子清

序：戴子清，江西志士也，二十年西征天山南北，一往无前，播洒爱心与文明，与余为友。

热血男儿践诺言，风沙万里苦不还。
石河植树夸桃李，墨玉打磨动婵娟[①]。
海内昆朋惊路渺，中秋母泪湿月圆。
人生易老情未了，依旧豪歌唱天山。

【注】

① 戴子清先是在石河子教学，后又携妻女赴南疆，扎根和田墨玉县。现为和田地委党校副校长。

致京战二首

(一)

君家西苑近湖滨，春短冬长柳叶新。
归岫云心依碧水，识途老马洗风尘。
冲天曾识苍天远，落地更觉大地亲。
抛却sars与沙暴，诗书emai自由人。

（二）

当日戎机复专机[①]，今朝杨柳更依依。
长天携得风云卷，裁剪诗词句句奇。

2003年春

【注】

① 赵京战，我河北安平老乡，中学校友。当年为首长专机的功勋飞行员。京战曾经坎坷，文武兼备，对诗词研探颇深，现为中华诗词学会副会长。

附 赵京战 读树喜兄《梅枝词》感赋

（一）

诗情画意写婵娟，晋爱菊花唐牡丹。
一自宋人开只眼，九分春色在孤山。

（二）

李艳桃夭错解春，荷肥菊瘦误春魂。
寒冬冰雪悬崖畔，寻到梅家始见君。

（三）

雪映幽香月映姿，恰逢青帝访贤时。
故将春意三千色，赋与梅家第一枝。

（四）

雪中月下久徘徊，忍见仙娥谪九陔。
欲折一枝天上种，好携春讯到瑶台。

2003年5月7日

致张飙[1]

雨洗风梳鬓已霜，云烟百卷入行囊。
性情君子无缰笔，挥洒心花瓣瓣香。

2004年6月

【注】

① 张飙，老友，曾任中国青年报和科技日报总编，中国书法家协会常务副主席。潇洒豁达，多才多艺，诗书俱佳。

怀念汉昌并序

同窗好友成汉昌，为北大历史系教授。1995年3月17日骤然病逝，年仅49。思之痛之，诗以吊之！

长歌吊汉昌，十年幽明路。
杨柳又依依，如泣还如诉。
君生诗书家，儒雅类君父。
矢志修青史，少年文章著。
治学重调研，丝丝并缕缕。
归来满风霜，心知民众苦。
家事与公务，一肩多重负。
君心最坚忍，茹苦深不露。
生性自豁达，诙谐喜谈吐，
听君一小段，老幼皆捧腹。
耿耿史鱼直，期期东方趣[①]。
孰料天妒贤，疾骤猛于虎！
英年撒手去，燕园满愁雾。
七七四十九，冥冥岂定数！
转念英魂缈，天堂任行驻，
身心更自由，羁绊难再缚。
甲申重阳老，同窗京华聚[②]。
往事晃如昨，风霜遮面目。
唯记君形影，壮年还如故。
转身敬君酒，茫茫无觅处。
呼君君不应，四坐泪如雨。

2004年10月

【注】

① 比喻。指史鱼之耿直和汉朝东方朔之谐趣。

② 甲申重阳时节，值我辈入北大40年，同窗相聚燕园，并作秋游。遍插茱萸，独少汉昌一人。感慨系之！

读刘征

文似拓荒贵创造，刘征自制蜂儿闹。
山魈树魅都惊了，蜂韵压煞千山鸟。

赞刘征

文章憎命人妒能，书画诗文苦心形。
谁为骚坛终结者，蓟门烟树老梅翁。

附：刘征赠诗

为学酷似小儿贪，点水蜻蜓别有天。
白发黄埃谁识者，杂花一树喜同缘。

致王佐恒兄

四十年前小同伴，几经风雨鬓成霜。
君居井陉我在燕，共在他乡话故乡。

【注】

癸未寒露，邀王佐恒来京叙旧。儿时伙伴四十年不见，但照片犹存，感慨系之。

甲申中秋无月呈刘征老师并序

甲申中秋，天气预告云遮月，无月可赏。与诗翁刘征电话约定，各作无月诗交流。

夜入中秋雾满天，未见儿时白玉盘。
十载一逢云遮月，把酒问花意怅然。
忽听小女云中归①，述说飞行见奇观。
始破层云如扑月，月光晚霞相对看。
机飞云逐月疾走，海碧天蓝银满山。
遮与不遮皆妙景，尤在拨云破雾间。
始悟苍穹月固在，无论阴晴上下弦。
何必秋秋见满月，苏子豪歌唱千年！
转思北国少甘雨，十年九旱河湖干。
遥祝明春元宵日，雪打花灯水丰年。

【注】

① 时我女蒙蒙乘飞机从上海归来，空中见月。

附 刘征诗：中秋无月戏作

与君有约，无月则有诗，即打油一首奉正树喜诗友。

水调难成欲问天，良宵咋不见婵娟！
喜闻不久乡亲到，准备欢迎诸事繁。
玉海待雕盛桂酒，琼楼须造面环山。
更编新版霓裳曲，早把中秋忘一边。

读刘征《白云诗》四则

刘征老赴新西兰作逍遥游，两月得诗百首以及散文数篇。珠玑琳琅。八十高龄如此，奇人也。其中“检点人间万古愁，一点丁丁小”，和“居然跳出如来掌，好个齐天大圣孙”。或哲思深厚，或恣肆无疆，皆足不朽。我有幸先睹，作小诗词以助兴：

(一)

万里白云负大鹏，采摘兰岛雨花风。
日得八斗皆珠玉，敢把诗翁比放翁。

(二)

手捧白云不忍离，一花一物总成诗。
磅礴文气漫兰岛，谁信老翁近八十。

（三）

苦心雕画虎成猫，无意为诗韵最娇，
兰岛春深君酿酒，可容我取第一瓢？

（四）卧云曲

刘征老诗情随处流淌。其诗后小注，精美天然，已至化界。稍为缩减，即为词曲，词韵皆佳，吾深爱之。可见，好诗词非雕琢为之，乃自然之流露也！

仰卧草坪上，眼望无际天。仿佛身是小鱼，头顶白云一片。　　没有文字，匆匆飘过，忙去谁边！为何不肯陪我，平日总羡云闲。此时方知：云闲不如我闲。

2004年10月

元宵无月歌

去岁甲申，中秋无月，曾与刘征老师约：无月则有诗。我诗中有“转思北国少甘雨，十年九旱河湖干。遥祝明春元宵日，雪打花灯水丰年”之句，亦引用“八月十五云遮月，正月十五雪打灯”谚语。转年元宵日，果月隐雪存，诗以记之。

去岁月藏雾，今宵灯挂云。
薛笺蘸雪写，字字是冰心。
旧事复新事，这人还那人。
晓来枕角湿，谁道梦无痕！
银鸡再唱雪满城，火树金花替月明。
禁放令申三五遍，依然鞭炮万千声。
何必痴痴仰夜空，凡间情暖更春浓。
元宵无月云来好，分外妖娆是雪灯。

正月十四

附：刘征元宵诗

美人颦笑看阴晴，何必金樽对月明。
小醉琼楼抬望眼，一家风雪万家灯。

跋词 西江月·杂花编定

晓月疏帘旧梦，空山流水琴心。嫣红姹紫已纷纷，回首雪痕花印。　　百代风云过客，荷锄戴月谁人？种春种夏算殷勤，收获秋来莫问。

【注】

陶渊明老先生诗云：种豆南山下，草盛豆苗稀，晨星理荒秽，戴月荷锄归。吾人则更是只顾耕种，乱著杂花，而不管春夏冷暖也。收获如何，不得而知，抒我胸臆而已。

杂花附卷“文革”印记

大串连组诗

1966年10月赴南方串联所记

过长江大桥

巨龙凶何有，桥压默无声，
江水人引来，当识主人公。

广州海珠桥

英雄自有志，岂能任水流。
百舸顶风上，语录满船头。

三元里

百年反帝史，三元第一篇。
大庙今犹在，古树踞石磐。
鼓角声沉远，长矛刃光寒。
登高吊战场，豪风壮山川。
五羊何卑贱，一穗即安然。
应记领袖语，枪杆创江山。

1966年10月赴南方串联所记

【注】

以上几首都是“文革”中串联所作。“文革”蜂起，动荡十年。我们北大学子卷入旋涡。

西湖二首

(一)

碧波千载水流淌。西女红颜泪扮装。
苏子遗踪今何在，一条大道向朝阳。

(二)

络绎断桥人不断，伤心惨事逾千年。
游人莫忘旧时恨，莫叫妖僧谋变天。

1966年10月

沁园春·上海

百代洋场，十载新生，万紫千红。问魔妖何在，尽逐流水，向阳滩上，语录歌声。地覆天翻，江山何易？百万先驱勇牺牲。切莫忘，有哲人嘱语：阶级斗争。　　危楼必有深影，岂旧日屠场无遗腥！步南京路上，心宜永醒，情迷意颓，不辨西东。无火无

声，香风艳雾，有甚硝烟刀见红。不足惧，
有雄文四卷，众志成城。

1966年11月7日

菩萨蛮·松花江畔

云横九派飞龙绕，雾弥江干浮小岛。落
日点封冰，红旗漫雪城。　　油海十年溢，
豪气冲天聚。燕雀恋茅屋，雄鹰更展图。

1966年11月23日

兴城海角

长夜揭竿未变天，掩尸揩血骨更坚。
长流百曲终奔海，一叶扁舟捉大鼋。
池砚墨香压孽瘴，芭蕉风火煮海干。
万方舞动涌红日，没尽千帆是桑田。

1966年12月4日

【注】

去东北大串联经过山海关、兴城，想起毛泽东北戴河“大雨落幽燕”和曹操“东临碣石，以观沧海”的诗句，有感而作。

迎春雪

无边瑞雪白天下，几缕清风荡埃尘。
梅向寒枝伸蓓蕾，人凭归雁问春音。
雷惊北海浮沉土，月堕西天绕残云。
更喜东风助星火，全球烧彻一片新。

1967年春

初春感时

猎猎寒风未动容，春来已报踏青声。
东风一阵花一阵，细雨几层绿几层。
欲使神州成赤色，愿将热血化火星。
丰隆滚滚呼风雨，扫灭人间白骨精。

1967年4月12日

【注】

丰隆，雷神。

水调歌头·骂声歌

挨骂不须怪，斗骂伴人生。恰如雨落风过，处处时时听。强敌高声叫骂，一似披花戴彩，哲人已叮咛。任他昏天黑地，波澜不须惊。　　坚意志，长本领，须骂声。真金何惧烈火，重担压骨身才硬。人生风霜雨雪，更兼天翻地覆，何处是安宁？烽火正未了，握笔亦从容。

1966年11月6日

【注】

两派斗争中，高声对骂，皆以为自己正确，荒唐一场。但骂人和挨骂也是一种历炼，起码锻炼了思维和文字。细想并无坏处。

香山秋

香山空茫不知处，红云尽化飞蝶去。
何须怨道天时恶，秋风不染苍松树。

1967年

【注】

香山红叶，飘零之兆，凋敝之容，红只数日，不足为道。在香山红叶方面，虽有历代名篇佳作可赏。从哲理和立意方面，吾算是反潮流者。

安源油画

雾重秋山紫，风迟天地清。
烟云扑阔野，近岭接远峰。
金光驱寒夜，安源正黎明。
直待惊雷起，红日跃当空。

1968年2月

【注】

油画“毛主席去安源”。当时为否定刘少奇工人领袖地位，以画作为政治服务，作用惊人。然从画面来看，不失为佳作。

菩萨蛮·油画下落

沉沉煤海深无底。黑黑工友血汗雨，天地何时开，领袖携火来。　乱世无青史，一画千金纸，权益落谁家，白头刘春华。

【注】

安源一画，“文革”后博物馆与刘春华之间展开所有权诉讼，价数百万。最后著作权判与刘画家。

陈 毅

屡破敌酋势莫当，夺席文苑弄华章。
离山暂忍犬欺虎，至死不容贼篡王。
热血吹风风酝雨，铮骨化火火成钢。
闻鸡一阵忠魂舞，长啸当哭慨且慷。

1971年冬

满江红调浪淘沙意

海啸江奔，流不尽衰荣亡兴。三千载，水流沙底，金混沙中。江畔几度雄心死，黄河谁见一时清？待雄鸡三唱晓长夜，太阳升。　　浪欲静，龟蛇动，泥沙并，鱼龙共。竟石出水落，金黄沙红。三叉铁机折沙漠，十年反复论英雄，数掌上多少惊心戏，笑谈中。

1971年冬

【注】

满江红一般用仄韵，姜夔试用平韵，今仿白石。

沁园春·香山秋一

金漫平野，绿接长城，火染香山。正落花时节，风华正茂，新寒乍露，热血腾翻。四海激扬，九州静穆，红叶涛涛秋烂漫，登极顶，看群山奔舞，气象万千。　　十年烽火硝烟，迎来了春光满人间。忆纸虎张牙，嫣然一笑，伪君招摇，灰灭飞焰。前何古人，后谁来者。换地改天定尘寰。狂飙起，唱满天风雨，苍莽关山。

1972年改定

沁园春·香山秋二

锦绣山河，几度风雨，更展新容。喜樱沟上下，繁花万点，岩谷内外，无限新松。一种秋妆，十分春色，漫上群山最高峰。登攀处，对云飞蝶舞，八面来风。　　关山新路重重，是烈火染得战旗红。正十年庆诞，忽失总理，天灾地震，摇落三星。嗟我华脉，生生不息，百折九曲总光明。人八亿，聚豪情万种，众志成城。

1976年

忆江南·打油诗观马戏四则

（一）

好把戏，先上熊先生，千金难买君做事，举步尚须牛奶糖，此辈好排场。

（二）

锣鼓紧，匆忙猴大哥，爬上跳下好热火，红妆小帽赛烟罗，俨然登宝座。

（三）

好力士，从容举千斤，博得四坐雷鸣掌，今日沙场不须人，宝刀渐生尘。

（四）

人散后，且莫细思量，白羊黑狗皆做戏，上台下台全鼓掌，常见不荒唐。

纪念周总理三首

告别总理

心血操劳尽，长眠百花丛。
无人真信死，到处恸哭声。
风采昭日月，豪情贯长虹。
骤然青史断，谁者补姓名？

1976年1月8日

【注】

周恩来总理逝世，举世悲悼。

怀念总理

讨贼祭总理，民意似稍平。
唯我如痴子，诤诤郁怀中。
路遥坎坷众，国弱家未宁。
何日烟尘散，风轻天地清。

1976年10月

总理周年

千家万户割心日，一月初八又转来。
松柏千寻倚云立，白花万朵带泪开。
光添日月诚不朽，身化青山就是碑。
降妖却雾悲亦壮，吴刚十万祭茅台。

北海公园遥望

晨兴望北海，缥缈若浮云。
水浅荷衣小，塔高白发新。
王家多瑞气，万户少精神。
公共成私署，空锁一园春。

1975年夏

【注】
当时北海等公园大门紧闭。传江青女士在园中遛马。

附 重新开放

北海乘风返世间，满城燕子争相传。
浓妆淡抹烟尘净，十载春光百倍还。

念奴娇·毛泽东主席逝世

中天日堕，夜沉沉，处处悲风凄切。酷暑方消秋风紧，几次三番哀乐。领袖长辞，青天霹雳，偏在中秋节。愁思万种，此刻谁人能写！　　忆昔日举韶山，霞光一道，化万年冰雪。挥剑昆仑裁三段，重划纷纭世界。掌上春秋，胸中风雨，谈笑揽日月，天荒地老，光华永世不竭。

1976年秋

难忘1976年

春撒骨灰啼杜鹃，秋听哀乐望韶山。
天地翻覆九州土，动魄惊心七六年。
百感茫茫情似海，千夫耿耿誓如天。
三户灭楚今八亿，万道关山敢登攀。

念奴娇·清明

清明时候，乱纷纷、到处冷风凄雨。新对寒春忧家国，万绪千头如缕。碑接云天，白花盖地，遮住春消息，山河呜咽，默默相对无语。　　遥望英灵何方，滔滔江海，并茫茫大地。魂魂远行恋故土，化作东风春雨。岭外梅发，江南草长，脉脉呼翔宇。山高天阔，铸熔无限情义。

1976年

拟江城子·纪念堂之一

何处矗起纪念堂，铁松苍，秋菊黄。四海五州举目齐相望。山河从容安排了，披日月，卧潇湘。　　云飞霞舞映辉煌，花为伴，松扶将，深情依依百鸟绕飞翔。已报神州风雨住，彩旗扬，似春光。

前调·纪念堂之二

又是秋月伴秋风。韶山日，中南灯，如今安卧长睡百花丛。玉阶栏外银光里，果正香，花正红。　　楼堂扶摇接九重。披云彩，挂金星。千山万水皆在胸怀中。猎猎红旗飞入眼，回眸笑，慰深情。

第二编　木秀观云

（2005-2008）

A卷　感事抒怀

丁亥谷雨赠同窗友

燕园挥手各徘徊，烽火荆棘共舞台。
忆往犹然少年气，抚今已是鬓毛衰。
名标青史元清史，业著人才大任材[①]。
唯我园中多木草，杂花随处向君开。

【注】

① 是日，北大同窗朱耀廷、王通讯、朱诚如夫妇造访吾乡间草庐，谈谳甚欢，朱诚如为著名清史专家，朱耀廷为著名元史专家，王通讯为著名人才学专家。

翦伯赞百一十年[①]

海晏河清梦久赊，孰料事理竟如麻。
改朝兴国歌高祖，板荡衰微罪史家。
民主居然文卷纸，活人毕竟米柴茶！
百年值此阳春日，一并屈平吊郢沙。

【注】

2008年4月14日为著名历史学家翦伯赞诞辰110周年。北大有翦老铜像揭幕等纪念活动。

故 乡

探夏才刚荷茎短，写春不尽柳丝长。
秋思冬绪裁难断，恰似他乡念故乡。

元宵饮酒

醉里嫦娥看未真，元宵又布漫天云。
壶边老酒人思友，槛外西风雪促春。
宦海汹汹逐利客，小园淡淡把锄人。
山川堪共风俗改，谁为离骚梁父吟！

太平世味[①]

太平世味淡如水，新意文章纤似针。
万紫千红等闲看，一枝独秀是春魂。

【注】

① 此诗为拙作小说集《世纪荒言》的笺诗。也是我的文化主张。

生日感怀

来去匆茫不自知，沧桑花甲又双十[①]。
几番夜雨千帆梦，一树秋风五色旗。
缕缕丝丝常挂泪，枝枝叶叶总关诗。
壮心任与年华老，肝胆铮铮还赤儿。

【注】

① 余生辰日为1945年农历九月初六，公历双十。

送儿出国

叮咛千百遍，默默理征衣。
天下爹娘愿，盼飞还盼归。

丁亥秀芳生辰

难忘当年风雨侵，蔚然木秀到春深。
与君行到天涯远，犹是童心对爱心。

自度曲·梦逍遥

余于诗词，稍涉皮毛；与其循规蹈矩，不如恣意乱弹。丙戌夏某夜，宿草庐，雷雨惊梦，偶成此曲，乱不成章——以“梦逍遥”名之。

梦里不知处——琴弹流水，酒醉琼瑶，浪卷江东。既今宵春好，莫论前程。说甚愁生丽句，病酿佳人，怒起英雄！似南朝曲调，又怎堪听！月冷，二十四桥烟波，最早秋生。年来不记归程，便寒星残斗，竟向谁明！凭手机电脑，雕刻心情。任伊妹儿，链接天涯地角，拷贝绿惨愁红；回眸处，心事叮咛，望长天，云断孤鸿。逍遥界，莫辨蝶鹏。飞行，看湖海一勺，云霞一把，乱山一丛！猛省——当今歌舞世界，谁问廉冯[①]；三十六招醉剑，夜挑孤灯。

【注】

① 指廉颇之武和冯唐之文。

B卷　咏物写真

木秀园杂咏（十三则）

园在京郊顺义，潮白河与箭杆河之间。百亩之地有五七住户。草木之屋，我所蛰居也。

（一）海棠

木秀园中有海棠两株，姊妹并列。冬季枯寒，黄杨、无花果、石榴有冻死者；而海棠素称娇嫩，入冬前又不曾遮掩。却生机勃勃，迎寒怒放。与沙尘暴鏖战三日，落花零落，而馨香如故，亦英雄也。

猛可春来沙暴狂，拼将红粉作戎装。
玉鳞战罢三千万，撒遍园林片片香。

（二）玉兰

我家玉兰，一黄一紫，春夏两次开花，花无定期，真个自由自在。

玉兰姊妹到农家，夏顶骄阳冬斗沙。
哪管春秋来复去，想开花了就开花。

（三）葵花

葵花三株，开花时一朝南，一朝西，一朝北，淡如薄云。皆自本性，全无朝拜谁人的意思。

任他金灿灿，我自淡如菊。
不解朝谁向，芳心未可移。

（四）苦麻菜

采撷湖边籽，移家作友邻。
初生娇似线，既长势如云。
峻爽南山气，苦清君子心。
市中踪迹断，徒此溢芳芬。

（五）种老家甜瓜

翠绿几多垅，乡思四十年。
风霜说不尽，至味苦中甜！

（六）丝瓜

居家菜蔬君为首，最喜金花日夜开。
小小瓜棚居不惯，悄悄爬上二楼来。

（七）茉莉花

为减杂花乱，移君篱笆西。
夜阑香愈烈，真个不能离。

（八）农趣

扛锄腰缠雾，收工鞋带草。
菜豆细如线，瓜桃大似枣。
挖坑惊野兔，摘果惹蜂鸟。
跌了大跟斗，还说桃园好！

（九）草园

邻园俊爽我园荒，鸟兔蛇猫为躲藏。
少水缺肥凭地力，斜畦笨垅似文章。
连根苦菜谁觉苦，带紫香椿此最香。
一角风情非独占，听由蜂蚁各称王。

（十）一剪梅·迎春

东风又扫旧亭台，没有尘埃，遍布青莱。柴门勿用谁剪裁。鸟也悠哉，人也悠哉。　　海棠深夜送香来，早把门开，快把窗开。花仙老友莫徘徊，酒入胸怀，诗出心怀。

（十一）乙酉中秋在桃园

豆瓜和草种，诗酒共秋尝。
明月三千里，白云是故乡。

（十二）无花果

春时购得无花果数株，甚纤细，植顺义桃园，绿叶楚楚，长势甚缓。立夏，忽见枝头有小果绽出，晶莹如玉，果真名副其实。此树叶果皆绿，绿至秋冬，不变颜色，亦君子也。是以歌之。

无花先秀果，入夏尚留春。
绿到秋风起，馨香赠友人。

（十三）二月兰

君子自何处，他乡亦故乡。
凌寒兼雪韵，御暑并荷香。
绣锦千条路，铺云万道冈。
小园居不惯，郊野作花王。

小 梅

如玉如脂雨露滋，小梅悄放两三枝。
春来厌看人争斗，欲返三冬事已迟。

杞人忧天赞

天边老镜未新磨，月色虚无愁雾多。
短聚长分怜织女，飞天无返叹嫦娥。
地球变暖殇生界，星斗倾斜酿劫波。
始悟杞人真远见，子孙应记忧天歌。

清平乐·春回环

春来匆促，快把春拦住。若问春归何去处，最好和春同路。　　携春越过秋冬，几番雪白花红。忙把西风送走，回头又唱东风！

无　题

滚滚红尘色不空，香车宝马画桥东。
几番温冷冬春异，别样忧丝远近同。
梦里新愁翻旧纸，醒来老酒醉西风。
蓬莱多少黄昏雨，洒向无边寂寞中。

月圆缺

十五稍稍缺，十六悄悄补。
才满复又缺，一似相思苦！

梦 痕

旧事又新事，这人还那人。
晓来湿枕角，谁道梦无痕！

清平乐·网络与苦恼

微机电脑，方便知多少！手按鼠标随意跑，若大地球变小。　　街头遍布网吧，孩童夜不归家。连月不出人气儿，急煞谁爸谁妈！

咏荷与藕组诗六首

科学证明，莲子经沧桑埋没数万年后，亦可发芽开花。其生命力堪为植物之最。

（一）生命

天埋地掩不知年，无数生灵化土烟。
唯有莲荷心不死，枝枝画箭射苍天。

（二）怒放

苦心铁性此身兼，冷暖枯荣若等闲。
红萼一发惊天地，长留风骨在人间。

（三）古荷

地坼天崩若炼炉，生灵万物一模糊。
唯其莲子遭劫后，怒放新花诉始初。

（四）咏藕

铁籽娇花万古期，腥风恶雨也安居。
一尘不染根何处，如玉之身藕在泥。

（五）花王

当今谁是百花王，竞向芳荷论短长。
云映娇姿变颜色，鸟窥并蒂动肝肠。
翠城四布红妆阵，玉帐深埋诗酒乡。
迁客骚词三百首，犹输菡萏几分香。

（六）踏莎行·一城荷花

天上瑶池，梦中菡萏，郊行百里忽然见。高墙四面掩芳踪，城池乱放荷花箭。 月画银钩，灯描团扇，心波漾起两三片，夜阑酒冷唱相思，相思却在谁家院！

金湖荷塘

沥沥荷花雨，依依杨柳风。
莲醒人欲醉，皆入画图中。

望日有思

举头望日，灼灼其华。
遥思全球，万别千差。
此间日暮，西方朝霞。
彼之故里，我之天涯。
运转不息，宇宙无遐。
人之渺小，万海一沙。
我心浩荡，四海为家。

鲁迅博物馆

风刀霜剑忆春秋，死去方得真自由。
报册图书全入彀，先生还否皱眉头！

七夕及情人节一组十一首

朝暮

举案齐眉羡孟梁，银河遥望叹牛郎。
两情若是真相悦，朝暮离分怎久长！

七夕问月

君自云中来，可知天上事。
银河作情书，细看无一字。

嫦娥

共羡遥空明月轮，一分月土万斛金。
嫦娥未晓干戈事，独占月球女帝君。

双七夕

丙戌年两个七月，自然两个七夕

一番乞巧匆匆过，两度七夕稍似迟。
身若银河心似月，不知谁个最相思。

七夕伤李煜

李煜以七夕之日生，七夕之日死，一生恰好经过七个七夕。江山不保，而凡有人烟处都有李词。岂非命乎！

七夕来者七夕去，奇巧风流惟李煜。
半壁江山守不得，诗词填遍九州地。

菩萨蛮

痴心寻找那一半，除非沉夜日头现。对
镜理芳心，情真怨愈深。　　梁祝化蝶去，
花泣潇湘地。何处觅知音，暗香孤月轮。

情人节打油

昨日情人节，情人泪满巾。
到处多情者，谁是真情人。

落莫

往事谁能鉴，青春梦里回。
孤独在人境，落莫不单飞。

爱春

雨雪空无影，烟花乱作云。
孤独无语者，最是爱春人。

花路

斜披山麓草，乱抹天边云。
水响溪还远，花深路更深。

月无弦（自度曲）

夜不眠，月未圆。点点滴滴入流年，聚散都是缘。花无言，曲停弦，高山流水为谁弹？疏影对红颜。

春从西北来二首

(一)

寒温节令不分明，冰雪初融旋作冰。
试向长城头上望，春来每是藉西风。

(二)

草青二月雪中看，梅杏数枝崖上开。
莫怪东风无路数，年年春自北边来！

小园二则

西江月·播种

门外花红草绿，身旁果树青梢。种瓜点豆和辣椒，空地着实难找。　　左请花畦让道，右朝小树哈腰。忽忘何坑种何苗，日后方知分晓。

草 屋

云倾池水满，花重木屋歪。
犬静鱼不躁，悄然迎客来。

小园桃花

新蕾初开带雪痕，三春只占一分春。
年来为赴蟠桃会，褪尽红妆披绿云。

谷雨春寒

谷雨春寒韵胜春，蓦然夏色已十分。
一言难尽沧浪水，除却巫山处处云。

致快哉诗社

翠幕重重曲径开，冰词玉韵绝尘埃。
管他谁主与谁客，快哉无疆是妙哉！

命题“记得当年”

2007年“六一”，《光明日报》开专版命题做诗，起句为“记得当时年纪小”。

（一）

记得当时年纪小，家家糠菜半年粮。
而今野菜难寻找，千里捎来共友尝。

（二）

记得当时年纪小，一台电话喊千家。
近来户户连宽带，上网批发粮果茶。

（三）

记得当时年纪小，薄薄书册视为宝。
而今坐拥书千卷，原创无多新意少。

小草本色

画里穿行四月中，勃勃万物竞峥嵘。
夕阳染得天如火，小草依然不受红。

桃源之外

又比桃源静几分，天荒地老绝埃尘。
杂花遍野悠闲样，各自芬芳不顾人。

丁亥重阳登高

秋风无古今，人世有合分。
华发登楼赋，童心游子吟。

树随山布色，峰共我浮沉。
俯瞰纷纷事，新闻变旧闻！

秋在鬼见愁

天不蓝澄水不流，高楼弦管黯尘浮。
金风绕过城垣去，秋在西山鬼见愁。

杂诗一组

小 草

红叶随风无觅处，唯留残绿雪中身。
东风毕竟无颜色，小草和青借与春。

回 首

怎堪回首还回首，往事如烟不是烟。
不老声中人渐老，白头情性赛童年。

端 午

浑沌古史似锅粥，细品穷思惹白头。
谁料屈原愁万缕，演成端午闹龙舟！

滹沱河干枯[1]

茫茫黄土空无绿，孤寂赵州仍有桥。
厌见人间不平事，滹沱河水隐滔滔。

【注】
① 滹沱河是我家乡的河。

京郊搬迁二则

浣溪沙

天气春头暖后寒，东风才摆柳条偏。儿童唾手放飞鸢。　　燕子归巢须缓缓，老牛伏枥且闲闲。搬迁告示占农田。

五 律

雪残消未尽，古柳又生烟。
犬吠院中院，莺飞山外山。
农家罢耕种，官贾动钱权。
沃土变别墅，米均超万元！

东风清明

百姓上坟烧纸钱，官家祭奠布花圈。
儿童不解清明意，追逐东风放飞鸢。

春 树

一望团团软似云，报说春色已十分。
游人转向花间去，依旧亭亭撑绿荫。

相 思

相思自古事如何？喜剧偏输悲剧多。
君看千年头上月，最难描画是嫦娥。

挽歌为陈晓旭作

当年顽石未补天，复把红楼演世间。
筛玉淘金角色定，唯有黛玉选最难。
忽如北国绽雪梅，自荐锦囊入重围。
一颦一笑皆精妙，不是黛玉又阿谁！
翩翩入戏艳入骨，角色内外已模糊。
葬花掩泣罢花锄，息影下海踪迹无。
突发疾患侵人面，直对噩运心平淡。
散尽锱铢五千万，化作泣血花瓣瓣。

枉凝眉，葬花吟，新春偏送爱花人，
音容犹在香魂杳，万人惜悼叹深深！
君不见，
红楼绵延色不空，选秀鼓躁东西京。
大众心中林黛玉，不似晓旭不认同！
恰如宝黛初相见，痴心锁定木石盟。
君且叹，
沸沸选秀惑人心，不重学养重拜金。
遂教天下莘莘子，抛却百业追艺人！
更令商贾官场上，痴迷争捧石瘤裙！
焚罢花骨拭泪痕，闹剧翻然又几轮，
晓旭香魂归天国，世上人心待降温！

作于丁亥五月

人才讨论会

照相观光复座谈，文章资料入U盘。
于今百业不需马，伯乐无聊乱看山！

山谷

朔气吹深谷，云飞山不动。
松实遒劲骨，石本孤寒性。
秋叶与春华，不迎亦不送。
霜磨雨洗后，月朗万山静。

萨达姆死刑

末路枭雄颈不弯，从容老萨赴绳缳。
兵欺邻里夸骄横，誓抗美英叹力单。
新霸主削旧霸主，大强权灭小强权。
算来硬汉全球少，倾倒依然是座山！

咏城乡不平等

京畿拱卫地，路坦理非平。
水电先供市，人车限入城。
倚官商贾富，卖力务农穷。
何日消沟壑，黎民唱大公！

南北安平诗

联结京津放眼量。第一城下柳丝长。
安平南北皆燕赵①，欲认香河二故乡。

【注】

① 吾老家是河北安平县。

醉中天·咏香河第一城

帝都少春色，燕赵慷慨多。三千载不平毋须从头说。　　管他谁的过，没功夫与你消磨；手起刀落，把第一城筑到香河！

足球世界杯

龙虎斗西欧，足球转地球。
绿茵一声哨，四海万锅粥。
美女欲宽带，男儿忽跳楼。
场终人散尽，回看月如钩。

踏莎行·春愁

似是忧丝，依稀旧债，春头慵起无聊赖，檐间细雨不堪听，巷深谁又杏花卖！　　才下眉梢，又浸粉黛，心波似水总难奈。薰风到处化青山，春愁却在青山外。

清平乐·春大旱

湖削地皱，似把春干透。雪雨荒疏沙尘骤，恰在烟花时候。　　任凭水怨云愁，玉兰不减风流。根在九泉深处，花蕾早绽枝头。

咏茶二则

（一）

遍野葱茏未著花，携青带翠走天涯。
出头不为争颜色，只把清香送万家。

（二）

源在江南荒古丘，自生自长本风流。
年年为赴三春约，绿染清明香染楼。

我的“龙”观念

龙，在古代是传说；封建社会是皇权标志，百姓不得与焉！中华民族从来没有把龙作为图腾。只是近年有一首“龙的传人”歌曲流传，造成以讹传讹。

本属乌有，出自想象。
皇家符号，大众无光。
张牙舞爪，不吉不祥，
既非图腾，也非形象。
我辈态度，不弃不扬，
对待洋论，不卑不亢。
再造图腾，实乃荒唐。

节日盆花

簇立大街旁，剪裁作画墙。
初时频浇水，场散顿凄凉。
稚气心还嫩，枯黄叶已苍。
年年春草绿，莫若守洪荒。

又见红叶

刹那红山遮碧山，时光何事太突然！
欲寄一叶江南去，又恐秋风占客先。

家　园

万物春时堪可嗟，蓦然嫩紫对新芽。
年来频作采风使，冷落家园草木花。

秋 居

秋光月色掩枯荣，非是乡间非是城。
四面空寥天似水，微吟似有小虫应。

居京六题

初冬感事

客里京华别样情，地球变暖乱秋冬。
岸坡犹是茸茸草，湖水俨然浅浅冰。
官府高台呼绿色，小民股市叹跌停。
鸟巢怪蛋新场馆[①]，嘈切民声是太平。

【注】
① 奥林匹克中心和大剧院。

长江大旱

天荒地旱水难收，千里江源欲断流。
白帝茫茫龟裂地，渝州处处落帆舟。
传媒高奏主旋律，学者争说变暖球。
莫论三峡生态事，酒楼麻将不知愁！

免费体检

街衢微笑不收钱，测重量压看表盘。
诺许减肥十几磅，堪能增寿若干年。
疏通城管诚不管，请客保安包尔安。
盛世泱泱多骗子，愿挨愿打两怡然。

闹 市

街巷人如煮，商场货似潮。
铺歪牌子老，车破嗓门高。
肉串连天烤，元宵带雪摇。
暖寒胡不论，啤酒蘸冰糕！

海 吧

后海连东海，平潭潮不平[①]。
拄天接地气，是处聚杰雄！

【注】

① 海吧在北京烟袋斜街29号，为福建平潭乡亲联谊会场所。

浣溪沙·后海夜色

银锭观山柳色春，花披霞染小桥身，阆园仙境此中寻。　　天上笙歌沉碧水，人间灯火挂流云。千杯不醉有情人。

戊子年抗冰雪二首

（一）

苍天堕玉盘，冰雪掩关山。
万众同仇忾，引得春色还！

（二）

雪寒肝胆热，冰冻战旗红。
立地擎天柱，依然子弟兵。

奥运火炬四章

（一）

（在巴黎，轮椅火炬手金晶，面对藏独分子的抢夺，大义凛然，不让寸分）

轮椅豪然奥运情，娇柔好女赞金晶。
邪风恶雨夺不去，为有丹心似火红。

（二）

（在旧金山，五万华人护火炬，红旗如海，众志成城）

焱焱骄红四海播，披风破浪最婀娜。
华旗五万织天网，扑火飞蛾徒奈何！

（三）

（在全球，奥运得人心，破坏奥运者丑形毕露，人人喊打）

珠峰圣雪大洋风，亿万人心一缕红。
火炬烛天山海亮，照得小丑现原形！

（四）

环球几处孽风吹，砥柱英雄竟是谁。
斩破惊涛穿过雨，赤心护得火云归。

京华春秋

满眼丛林不是青，纷然钢铁水泥城。
京华春日无多好，待看秋山数叶红。

秋夜曲

应怜夕露润衣湿，又到秋风秋夜时。
万亩虫声连月起，不知何处唱相思！

秋之兴

霞霰携山来眼底，潮声带雨到樽前。
任由白发侵双鬓，唱罢秋风唱海天。

采桑子·元旦

西风连夜吹千树，彼处凄惶，
此处高昂，红绿枯荣各寻常。
乡思万里人不寐，酒已芬芳，
心亦芬芳，绰约寒梅映我窗。

题画境一

云静孤山远，夜阑舟踞江。
无钩人钓月，所得是秋霜。

题画境二

林幽人在径，月静鸟鸣山。
造化无穷界，何须辨此年！

中秋望月三则

折射山河影，牵连游子心。
清光割寒暖，念念是何人！
老圃且由花做主，新诗适可酒为题。
阴晴圆缺无描处，人影倾斜月影迷。
愁织银河女，嗟伤月嫦娥。
清光最凄冷，总照别离多。

汶川地震三首

震之难

汶川一震国之殇，百里灾区作战场。
画面狰狞而惨烈，生灵脆弱更坚强。
屡从绝路求生路，敢向山梁挺脊梁。
地不能埋天不死，中华多难正兴邦。

国之殇

弥天大难鬼神惊，地裂山崩万厦倾。
一发千钧七昼夜，时光凝刻三分钟。
亲情呼唤声声血，中国加油阵阵雄。
半卷红旗悲亦壮，誓将崛起报苍生。

悼诗友

西川一震海天嗟，殇我诗人六十家。
地不能埋魂不死，诗冢代代绽新花！

2008年5月

【注】

地震时，北川县诗词学会六十名诗人正在开会，一时间全被埋没。

域外译诗选（50首选24首）

李树喜译自泰戈尔诗选

小 序

泰戈尔，1861-1941年，印度文学家，1913年诺贝尔诺文学奖获得者，为世界诗坛泰斗。其诗歌行遍地球每个角落，早年即传至中国。今据吴岩先生中译本《泰戈尔诗选》选取五十则，译制为古体，以志中华诗词与世界文明之相融相通也！

此前我很少读过国外名家的诗作，因为不通晓其母语，又以为中文翻译是“吃别人啃过的馍”，难得其味（还因为中国的诗太多太好了）；而当我静心阅读泰戈尔译诗的时候，我的心被深深打动了——我进入了泰翁的世界，体味到他的心怀，感受到他的意境，慨叹于他的博深。其作品，无论是带有政治色彩或宗教意识，无论是歌唱生命或爱情，快乐或忧伤，坦率或朦胧，都是一种全新、深邃、奇特的艺术境界，由此深感到泰翁的伟大与译者的成功。

同时，我更坚定了一个信念：真正的文学，真正的美境是没有界限的，是相融相通的，无论国度和文学样式怎样不同。我们应该架设文字之桥让世界诗歌精粹和中华诗词融动、沟通。

这是我以中华诗词形式翻译泰翁诗作的初衷。

泰翁说过：一百年后阅读我作品的人是谁呢？愿那曾经的春天之晨唱响的生命的欢乐之歌，永远在你的心头激荡（见《园丁集》第八五）。我的相关翻译则为：拟想百年后，有人读我文；更期人海中，有心知我心！

代序曲

（以《园丁集》第85节代）

拟想百年后，有人读我文；
更期人海中，有心知我心！

送 别

（《吉檀迦利》第1）

玉液清清薄酒杯，高山流水为君吹。
芦声寂寞难描画，从此知音又是谁！

小 花

（《吉檀迦利》第5）

颜色殊清淡，幽香亦绝伦。
劝君及时采，以免落风尘。

我 志

（《采果集》第8）

我志在扬帆，海云天地间。
爱神忽出鞘，一剑破籓樊。

问 鸟

（《采果集》第25）

沉沉夜如铁，清脆鸟鸣之。
冬雪寒消尽，春温君预知。
光明奔若电，黑暗去何迟！
一唤天下醒，环球共唱诗。

挥 剑

（《采果集》第39）

挥剑斩尘霾，豁然天地开。
死神在颤抖，生命踏歌来！

春风

（《采果集》第73）

春风浴吾体，绿叶伴花香。
谁者树间舞，蜂儿酿蜜忙。
瑶琴曾寂寞，至爱不彷徨。
比翼云霄里，星河奏乐章。

邂逅

《园丁集》第19）

蛮腰挎水壶，幽径河滨侧。
原本不相识，为何偷看我？
君如天外星，我则飘零客。
翩翩君倩影，闪闪如刀刻。
邂逅迥难期，此身终寂寞。

池边

（《情人的礼物》第9）

蹒跚陌上女，力尽手足疲。
行路何遥远，淫淫汗水滴。

我池清且满，岸草正萋萋。
清水濯你足，花树晾你衣。
转身衣带解，不言亦不疑。
酮体戏清波，绝妙美人鱼！
日暮天将晚，木屋我所居。
有床洁若云，且供你栖息。
天明奶饭热，枝头鸟儿啼。
敲门轻唤醒，餐后任东西。

浣溪沙·红带

（《情人的礼物》第34）

一绺红云腕上拴，兰舟泪眼各无言。任凭海角与天边。　　梦里春思移月影，云中秋雁促琴弦，何时红带伴君还！

信 念

（《过渡》第12）

夜幕沉沉终破晓，深埋种子定发萌。
宜将负累作财富，苦难如烛照路明。

《新月集》·生命开端

幼儿问其母，我从何处来？
母亲含泪笑，将儿搂在怀：
“童年娃娃戏，巧手塑泥孩，
稍稍不如意，捏罢又拆开。”
“儿即小菩萨，端坐佛龛台，
举家皆祝拜，赐与福和财。”
“忆我豆蔻时，花瓣带露开。
汝携馨香气，丝丝入我怀。”
“儿是舟顺水，停泊我心头。
恰如初绽蕾，娇嫩又温柔。
抚我四肢上，甜美若蜜流。
初疑人共有，居然我独留！
得儿宝中宝，无忧更无求！”

《新月集》（菩萨蛮·小小仙境）

王家宫殿连城堡，我家仙境阳台角。杜茜花依墙，猫咪藏躲忙。　　天河声渐渺，公主沉睡了。回看我之花，千金不换它！

《新月集》·纸船

我住小溪边，天天放纸船。
舟轻风作桨，水浅草为帆。
梦美何须岸，天遥不待年。
前帆音信杳，后继更源源。

《新月集》·爸写作

关在里边屋，爸爸又写书。
自认大作家，我看是囚徒。
须发像秋草，眼睛像火珠。
整日默无语，偶尔大声呼。
瞬间纸篓满，浪费不在乎。
偶尔念给我，一听就糊涂：
儿时听故事，至今怎全无？
妈妈也不懂，假装最顺服。
耳语催洗澡，大声唤饭熟。
偶近爸爸桌，赶忙拉我出。
我朝爸爸喊，我向妈妈哭。
我要听故事，不要爸写书！

沁园春·乌尔瓦希[1]

（《遐想集》第11）

不是女儿，不是新娘，不是母亲。把神灵蛊惑，手持鸩酒；山飞水荡，颠倒乾坤。旭日熔云，霞光灼电，搅海翻江石榴裙。奇乎哉，若这般女性，鬼魅人神？　婉然魔鬼腰身，更玉臂明眸玫瑰唇。似素馨花朵，玉苞静放，奇光至宝，华彩绝伦。乌尔瓦希，纯情尤物，激荡千秋男女魂！情未了，将风流大爱，遍撒凡尘！

【注】

① 乌尔瓦希，传说中的天国舞女，每从大海升腾起舞。外表妖艳炽烈，实则纯真善良。

雨中琴

（《遐想集》中3）

滂沱大雨天，电闪照无眠。
我曲如雷吼，援琴勿拂弦。

西江月·故乡

（《遐想集》下2）

三月荠花似雪，一条流水弯弯。如绸如缎白沙滩，是我村庄心坎。　　几片舟帆淡远，一支口哨悠闲。家乡风物胜桃源，永在心头眷恋！

河 渡

（《遐想集》下3）

清流非浅亦非宽，摆渡穿梭相往还。
城镇高楼几复没，小船依旧渡年年。

鹿与狗

（《遐想集》下20）

问我何所有，小鹿和小狗。
玩耍无休止，一对好朋友。
春风暖林苑，花红似火焰。
小鹿时谛听，目光偶如电！
午后林中暗，阳光忽隐现。

小鹿奔而逝，堪比流星箭。
小狗抬泪眼，似问为什么？
我心更彷徨，无语久沉默。

黑 路

（《遐想集》下36）

黑暗漫无边，逡巡马不前。
险阶若琴键，正待勇夫弹。

心 曲

（《集外集》35）

徘徊复守望，举世笑吾痴。
莫管高格调，我心独自知。

扬 帆

（《集外集》39）

河道干涸洪水来，一声呐喊放舟排。
索绳累累全挣断，生死沉浮闯几回！

山巅

（《集外集》92）

迥立万峰巅，飘然星斗寒。
云开山似豆，水静海如盘。
雪树驻颜久，王冠落地繁。
洗心当此境，沉默复何言！

C卷　山河记游

步居庸关原韵

幽燕远古海曾环，谁筑长城云水间。
欲固金汤阻胡马，讵知敌寇破重关。
秦皇兵俑闲无业，百姓桑麻盼有闲。
溶取千年冰与雪，冬山洗罢画春山。

又 韵

龙飞蛇走几回环，铁马金戈出没间。
八达岭呼酸枣岭，居庸关唤雁门关。
已然战火更灯火，未必云闲似我闲。
至有余情东望海，涛波尽处旧金山。

川西北行组诗（九首）

阆中古城

环山抱水净无尘，古韵千年气派新。
缥缈纱灯织夜市，柔荑纤手绣白云①。
醋香阵阵浓于酒，秋意溶溶暖似春。
信有桃源在川北，神仙应羡阆中人。

【注】
① 指传统工艺作坊，少女现场表演手工巢丝、织纺。

华光楼

云天水地华光楼，古巷长街各悠悠。
杨柳一笛沙落雁，梅花三弄月如钩。

10月14日

江 源

天边地角涌溪流，阅尽冬春历夏秋。
闯过群山无觅路，千折百转不回头。

嘉陵江边

细雨南充古渡头，野鱼土酒客深秋。
游人无复愁千丈，云满江帆诗满楼。

10月15日

小平故居

牌坊百户举村移，此地独留邓故居。
老井长清倾水满，新屋如旧挂云低。
潮流自古随时势，人力唯能决缓急。
奴隶英雄同创史，团团迷雾不须疑。

10月15日

广安广场

广安广场有宝鼎纪念小平，气势磅礴，而鼎上文字密麻数千，无人卒读。

哲人浩气亘千古，云自峥嵘鼎自辉。
谁注万言如腐水，令人长忆无字碑。

千年一吻·华蓥山顶，有石状似男女接吻

不置房屋不种田，真情一吻逾千年。
天荒地老终不舍，守护华蓥一座山。

双枪老太塑像

远离烽火久，世理乱成堆。
老太双枪在，不知该打谁。

阆中夜色

梦中阆苑境，又上华光楼。
湖岛拔云出，长河载月流。
新灯喧闹市，老巷驻春秋。
歌酒车船路，夜阑无肯休！

清平乐·周口店踏青

白头年少[1]，抛却沙尘暴。一路春寒多料峭，红紫海棠正闹。　　嗡嗡蜂儿穿梭，恰似猿祖诉说。五十万年看遍，时光不耐消磨。

2006年3月

【注】

① 双关语，指刘征老白发童心；又指青年与老人同行。

念奴娇·访猿人洞

龙骨山麓，趁东风、三五热肠文客。醉起豪情八百丈，描摹洞崖春色。篝火烧天，骨针缀地，跨越千秋雪，铜尊少女，风采如何消得！[1]　　忆昔祸起东洋，弹洞芦沟，寒彻京都月。猿祖仓忙辞故土，战火硝烟明灭。一路迷团，疑踪万点，众口漫评说。天荒地老，海枯石烂不竭！

【注】

① 展览馆标志铜像，系根据一猿人少女头骨制作。

贵州行组诗

丙戌深秋，访问贵阳、遵义、赤水，观黄果树、赤水河等，山川之秀美，别有韵味。老友柳路相陪。

赠柳路

黔山赤水好清凉，难抵柳君侠热肠。
细话长街八九难，共携美酒百醇香。
豪情何必身千万，潇洒全凭友四方。
但待京华重聚日，与君诗酒醉一场！

忆秦娥·遵义

北风烈，笙歌美酒情切切。情切切，九曲金水，半天残月。　　群山奔涌凝千结，霜消露冷飞黄叶。飞黄叶，人迹罕处，清凉世界。

活化石桫椤

赤水深山中有植物名桫椤，属蕨类，茂盛于恐龙时代。其不成材，不能食，甚至枝叶不能烧，故百姓以为废物，置之不理。故得保存至今。

不能樵作不能吃，长在深山皆未知。
亘古千年人不采，留得无价活化石。

赤水瀑布

赤水瀑布丰富多姿，九丈瀑甚至比黄果树瀑布还高，壮美异常。

竹林凝翠九盘山，惊瀑飞银四洞帘。
都怪徐霞脚板短，让得黄果树为先。

贵州印象

天阴云密易为水，地势不平好看山。
身置人间童话境，贵州处处是桃源。

参观息烽集中营

围山叠翠郁葱葱，原是牢笼大本营。
炼狱熔金金胜火，妖霾蔽日日重生。
三羊开泰新风烈[①]，万马奔腾大路明。
喜看息烽永不息，精神世界第一峰！

【注】

① 当时烽县的三位书记恰都姓杨，被誉为“三羊开泰”。

玉溪行诗草（十二首）

6月20日，随中华诗词代表团访云南玉溪。得诗词一组。

到玉溪

当年造物有偏心，藏在滇中玉一盆。
红透塔山绿透水，神仙应羡玉溪人。

我所思三章

我所思兮抚仙湖，日之华也月之珠。
千年古史沉江底，到此胜读万卷书。
我所思兮在玉溪，云之南也夜郎西。
百年聂耳倚云立，一座红塔矗天齐。
我所思兮在溪烟，抚之爱之不忍燃。
携取馨香千里外，心桥飞架彩云端。

玉溪咏

造物自留田，人间伊甸园。
有溪皆美酒，无叶不名烟。
鸟悦歌如妹，梅羞色欲燃。
洗心当此际，痴醉勿须还！

临江仙·玉溪界

满眼青山溪似玉，中间多少名川。桃花源外更桃源，有田皆乐土，无业不陶然。　　依傍回归北纬线，全球施放云烟。引来豪客聚滇南，金樽敲玉杵，诗酒唱和弦。

鹧鸪天·聂耳广场

聂耳深情立玉河，沧桑已改旧时波。小童戏水惊鱼雁，白发翩跹伴鼓锣。　　弦莫弛，鉴须磨，只缘神社祭妖魔。歌台九百六十万，万曲源头义勇歌。

秀 山

抛却烟华作远行，此山此水画难成。
林深有韵堪为秀，曲老无痕久见工。
湖友渔樵清到底，人从文业苦于僧。
色空空色复何论，胜境由来远帝京。

偶对句

“山高人为峰”是红塔山的标志语言，五字皆平（谁知盘中餐亦是）。吾以为无碍乎音节响亮，故遣五仄，对之成诗。

土沃水是脉，山高人为峰。
陶翁今若在，先作玉溪行。

湖 鉴

一湖如鉴照金瓯，治滥驱污水至优。
倘使官清皆若此，浊流何至泛神州！

船向孤山

一行人乘大舟划向孤山。将近，忽遇风，飘摇之间又被吹远，十分有趣。

隔岸葱茏一望中，兰舟无力任西东。
孤山将近忽飘远，如此风波最可行。

宿笔架山

天公一片相思泪，何时溅落古滇国？九州水脉多浊流，唯留抚仙映清白。湖底掩沧桑。扁舟起渔歌，晚霞接阎闾，浪鱼绕水车。我宿笔架山，山飞笔架落，蘸得清波三百里，试将新词付新墨。

抚仙李家歌

李家山文物集萃，李家院三道菜风味十足。两处都是李姓，令我与同行的一信李兄最为得意。

吃在李家院，看的李家山。
山在水里面，院在云那边。
山苍铜器古，院阔三菜鲜。
精神和物质，煌煌两大餐。
况我李家子，酒饭不须钱！

红塔烟厂戏题

名牌定是出名门，鼓了腰包富了民。
同是香烟穿肺腑，是非利弊各由人。

钓鱼城怀古组诗

钓鱼城在重庆合川嘉陵江畔，为当年南宋抗元最后壁垒，军民坚守36年，至1276年南宋朝廷覆灭之后。有上帝之鞭之称的元大汗蒙哥战死于此！

钓鱼城怀古

嘉陵至此势萦环，指画长城鱼水间。
胡马舟师压渝境，军民血肉筑崖关。
今番香火替烽火，四下云闲如我闲。
莫道高台三百九，凛然浩气盖群山。

夜宿古军营

夹岸无声夜幕沉，军营春冷鸟虫吟。
池边指对天边月，今世说评当事人。
上帝折鞭于逝水，臣民护国到无君。
千年战史宛如昨，成败兴亡各有因！

钓城余晖

水抱山环尽忘机，钓鱼城上览余晖。
临江且作中庸论，元宋兴亡无是非！

【注】

2008年5月12日下午，余在重庆合川，与诗友论诗酒楼。2时29分，地震骤发。仓促为诗与仓促下楼，堪可纪也。

洞头组诗

观 海

东南形胜地，望海第一楼。
塔据沧浪水，帆归明月舟。
山削半壁秀，岛拱七桥浮。
盛世太平事，潮头看洞头！

望海楼黄昏

洞头极目接瓯江，为待潮生伴夕阳。
岛屿浮沉割旧岸，晚霞明灭变时妆。
秋红初绽峡风暖，白鹭横飞歌咏长。
明月升空帆万点，粼粼塔影系沧浪。

登望海楼

江海于兹聚，乾坤何处分？
一楼凌玉宇，万众竞登临。
霞醉帆常染，峰削斧不匀。
洞头潮胜雪，后浪是谁人！

观景打油诗

胜景连绵步履匆，不听故事不听经。
碑文刻字莫须看，韵在自然山水中。

瓯江行诗草七首

仙岩寺

葱茏掩映沐丹霞，古寺深幽曲径斜。
香绕仙岩千载梦，潭生梅雨百重花。
有飞泉处风偏冷，无退路时峰最佳。
至此尘心净如洗，从容淡定任天涯。

江心屿谒文天祥祠

水脉岚光芦荻秋，晴川孤屿各悠悠。
文公一抔国殇泪，并作瓯江万古流！

雁荡飞泉

来者行色匆匆，去也无影无踪。
风光只此一段，恰似百年人生。

咏瀑布

源自人间地不平，蜿蜒明灭赴前程。
轰然跌落三千尺，博得群情喝彩声！

雁荡大龙湫

一泓寒若剑，万叶乱烧秋。
重岭遮不住，夹山银瀑流！

记雁荡夜游

秋凉四渐百虫吟，山路崎岖夜幕沉。
潭底月实天上月，眼前人恍梦中人。
色即空处尤出色，假作真时屡胜真。
转悟大千皆幻影，乃何局促自由身！

赠陈其良

陈为瑞安退休教师，创办雷牌企业成功，拥资过亿。

成功当不负天资，沐雨薰风又盛时。
多少词章夸企业，我尤重者在人师。

滕王阁及南昌组诗

江与楼

客路洪州满眼秋，红深绿浅紫霞浮。
栏杆流水两相照，阁入澄江江入楼。

滕王阁

谁留绝唱水云间，勃也安南去不还。
天际霓霞变苍狗，周遭沙渚布棋盘。
凭高慷慨登楼赋，醒酒缠绵锦瑟弦。
圣代才人谁尽用，宜将吴楚作诗坛！

2007年冬

滕王阁原韵

落霞孤鹜消沙渚，旧曲新弦漫歌舞。
截取巫山一段云，难为荆楚潇潇雨。
渔樵帆影去悠悠，除却枫红也是秋。
滕王阁序高标在，如练澄江似不流！

感赋

一阁千年涨不停[①]，人非物换势峥嵘。
云霓翻卷谁家气，雅颂争鸣几代雄！
暮霭新披大江紫，秋枫更染夕阳红。
诗心应共时光进，吟罢落霞歌复兴！

【注】
① 滕王阁至今已修过29次。身高屡长。

安义诗墙

行遍赣江形胜地，原来安义是诗乡。
诗墙未止三千米，筑在人心无限量！

西江月·安义戏题

村外桔黄火热，路边枫叶秋凉。潦河两岸列诗墙，水派山光别样。　　下酒瓦灰鸡属[①]，落霞红上腮帮。离情柔绪几多长，系在滕王阁上。

【注】
① 瓦灰鸡是当地特有品种，羽似瓦灰，极鲜嫩。

塞班岛词三则

塞班岛在太平洋中间，二战时日美争夺激烈，日本上万人跳崖自杀。今属美，为旅游胜地。

满江红·塞班印象

水地云天，塞班界，石削树踞。登临处，沟深万丈，光波千里。舰岛斑驳烽火印，白鸥翻动春消息。驾长风，滚滚客西来，浪东去。　　二战史，烽烟地，山曾刻，海犹记，最东瀛弄火，欲吞寰宇。跳海葬身堪叹愚，招魂祭鬼无须惧。到头来，依旧满帆霞，涛如碧。

江城子·天宁岛

天宁岛与塞班岛比邻，之间相距千米。为当年美军原子弹轰炸日本的装载点。

一石横卧太平洋。历鸿荒，阅天光，五百年间、风雨记沧桑。战火连绵三万里，云水域，生死场。　　血光核影付收藏。煦风长，野花香，废炮荒碉、无语对斜阳。始信和平殊可贵。协四海，友邻邦！

浣溪沙·军舰岛

军舰岛方圆数百米，形似军舰。今废堡残舰及飞机残骸静卧水中；水翠沙白，为第一景点。

万炮轮番炸不沉，原来水下有石根。烽烟褪尽绿霪霪。　沙底横斜沉舰影，浪间戏闹烂柯人。宜从此岛认风云。

菩萨蛮·南宁昆仑关

1939年，国民党军队攻打日军盘踞的昆仑关，动兵十万，极其惨烈，终克胜之。其规模当在平型关大捷之上。剑塔和纪念碑为国民政府所建，有蒋介石、于右任等题字，至今完好。

城头暮色寒烟紫，旌旗十万赴生死。一剑指云天，悠悠七十年。　狂飙吹不去，毕竟能留住。南北两昆仑，中华不死魂！

D卷　人才诗史

孔　子

立身传六艺，知命叹穷途。
今日环球遍，风行孔子书。

屈　原

世人浊醉此身休，投向汨罗天不收。
一派丹心湘楚怨，千秋青史岳阳楼。
沉吟橘豆生惆怅，细品兴亡促白头。
孰料离骚愁万种，演成端午闹龙舟！

韩　非

奇谈妙论势难埋，韩地奇花秦地开。
教会他人君主术，先从自己试刑来。

长城功过

罪在骨堆功在城，秦砖汉瓦苦经营。
千山万壑烟尘里，何必曲直太分明！

诸葛悲剧

算定三分势，兵书十万言。
九伐多不胜，气数在北边。

三国统一

煮酒英雄竟是谁？天时地利势难违。
东风曾助周郎便，未抵北风强劲吹。

南阳武侯祠

南阳高卧日迟迟，天下合分难预期。
倘使阿瞒抢先顾，兴亡成败又谁知！

清平乐·长城

云浓风淡，万里从头看。造得长城非好汉，胡马进出未断。　　皇家好大贪功，小民蝼蚁牺牲。检点全球奇迹，全然形象工程！

岳　飞

武穆何须怒发冠，皇家国策是偏安。
金银宝器皆须返，唯有徽钦不必还！

族群流动

千秋万里不知难，行到山边又水边。
自古先民多浪迹，几人守得旧林园！

民族混融[①]

老师说“我是杂种”，源是民族多混融。
一语天机君道破，难得真话好先生！

【注】

在北大历史系第一节南北朝课，老师汪篯讲到民族融合，说我们大多数汉族或其他民族早已不是纯粹的了。他公然说：“我就是杂种”。一语惊座。细想有理，至今难忘！

“盖棺论定”

许多凭借强权的盖棺论定，千年以后也要推翻。

是非功过一时间，雨打沙埋未尽删。
多少盖棺难论定，徒劳刀笔与强权。

菩萨蛮·项羽虞姬

八千子弟敌十面，后人偏唱虞姬剑。冷月照乌江，乌江欲断肠。　　花开寂寞处，无泣亦无诉。天地最难容，居然是个“情”！

神州格局

合分板荡费疑猜，万里神州作舞台。
战祸几番自东起，新风数度渐西来。
汉家社稷胡骑盛，北漠狂飙南气衰。
分辨云图旋转势，依稀造物为安排！

人才史论（十则）[1]

叙诗

历史如江海，人才是征帆。
何尝平如镜，万古涌波澜。
水可载舟起，又能覆舰船。
逆流兼曲折，迷雾复烽烟。
智者辨风向，勇者斗浪巅。
人才贵创造，君主重用贤。
谋划在人意，成败多由天。
胜者修青史，败者草野间。
史家食君禄，秉笔直书难。
呜乎，
用贤公平多梦境，犹如有月不常圆！

【注】

吾人研究中国人才史，忝居首位。有《中国人才史稿》和《中国人才思想史》等著作。但研究结果令人失望，结论是：埋没和浪费人才、才智是最基本的现象和规律。学者眼睛愈亮，眼前谜团愈多。悲夫！

黄金台

劝君莫上黄金台，自古几人能尽才？
最是豪杰曹阿瞒，月明星灿也徘徊。

人才佳话

佳话千年回首望，人才自古悲剧多。
迷茫杂错沉江底，入我渔家破网罗。

【注】

此为拙著《人才佳话》笺诗。

风　骚

史海豪杰千百万，兴亡成败只瞬间。
你方唱罢他登场，各领风骚三五年。

大　将

大将不知生与死，何须祭拜黄金台。
难当最是君王火，烧剑烧书俱作灰。

悟　彻

谁把酒樽酹逝涛？沉沙折戟绕鹅毛。
人生若得真悟彻，胜过金冠玉蟒袍。

选人冷门

人事从来多冷门，算盘程序屡失真。
苦心培育接班者，半路杀出程咬金。

知人善任

知人善任诚矣哉，不识何从想起来？
身边花木先得水，八分机遇两分才。

难尽其才

人尽其才自古无，发挥过半算杰出。
劝君省下三分力，散步棋牌读点书。

悲 剧

君子知音少，人才悲剧多。
几波文字狱，湮没大风歌。

吊贾岛

天召阆仙难禁诗，斜阳墓草日迟迟。
河枯百里沟痕在，木老千秋檩柱直。
文气已然惊渭水，乡情今更涨京师。
吊君新韵连肠热，恨未相逢在盛时！

2007年秋

E卷　嘤鸣友声

刘征老师隐居戏题[①]

大隐欲潜形，汇辰烟柳城。
琴催夜岛绿，砚映小湖清。
慷慨刘郎气，娇柔龄妹情。
梅薰千里外，况我在桥东。

【注】

① 刘征老与夫人李阿龄老师隐居在京郊昌平汇辰公寓，逍遥自在而又与世息息相通，乐如也。

西江月·致敢峰教改

毁誉由来不管，名耶利耶全抛。痴心教改在京郊，跳舞脚缠镣铐。　　一路刺多花少，十年雪化春消。银河作酒斗为瓢，唱彻雄关道。

应答胡振民兄

乙酉五月，赠老同学胡振民“杂花树”一书。得其赠诗七律一首，甚慷慨；步其原韵和之。胡曾任中宣部副部长，中国文联党组书记。

斗转星移几沧桑，大路多歧各一方。
谋画运筹君意气，舞文弄墨我文章。
虚无清境疑庄老，四面悲歌叹霸王。
鬓染繁霜还困惑，夕阳无限羡新芳。

附胡兄诗

博陵少小共农桑[①]，北大阔别各一方。
立志铁肩担道义，效法妙手著文章。
文韬未必惊天地，武略何须学霸王！
指点江山豪情在，杂花半树亦芬芳。

【注】

① 我与胡兄老家河北安平、深州一带，古称博陵郡。

赠常嘉煌[1]

赤胆敦煌子，常家两代人。
一腔温大漠，千笔绘佛神。
古洞愚公志，新窟精卫心。
斧凿声不断，胜塑万金身。

【注】

① 常嘉煌为“敦煌守护神”常书鸿之子，继承乃父遗志，在敦煌另凿一洞，极为壮观。

怀念王康

王康老人为中国人才研究会首任会长。2007年去世，终年89岁。与我辈是忘年之交。

少年壮志曜金坛，投笔从戎奔延安。
抗大红旗炉火暖，整风滥漫赤心寒。
恢弘正气十分胆，扶助新生一寸丹。
万里幽明割不断，吊君岁岁爱才篇。

怀念冯理达

冯理达为冯玉祥将军长女，海军总医院副院长，德技双馨，至慈至爱。与吾为忘年知交，于戊子春节辞世。

大爱仁心见赤诚，将门风范巾帼雄。
中天陨落光华在，长使人间诵姓名。

访木强兄家

此楼此路莫疑猜，未按门铃户自开。
饺子一锅溯日月，干红数盏畅心怀。
几回分统说南北，连续台球抱奖牌。
执手无须客套话，君家不请我还来！

《杂花》《云根》酬唱

孔祥庚，彝族，云南玉溪市委书记，性情诗友。著有《云根诗词》，与吾《杂花树》嘤鸣酬唱。

李树喜赠孔诗

滇国风烟彝寨春，桑麻政务细耕耘。
卷舒诗锦如霞灿，为有云根连海根！

孔赠李诗

彩凤南翔报早春，陇头酬寄谢锄耘。
杂花生树韶光灿，定有沃泥深固根。

李树喜赠孔诗

半树杂花一角春，苗疏草盛算耕耘。
何如治得仙湖水[1]，植入民心百丈根！

【注】

① 孔书记任间，治理保护抚仙湖，保持水质一类。难能可贵。

孔赠李诗

遍野花香与蝶痕，春光未尽却伤春。
天涯路远芳踪渺，唯有蜜蜂飞若云。

李赠孔诗

一路清寒更似春，蓦然夏色已十分。
曲径幽幽桃花水，欲把秦人作友邻。

李赠孔诗

连平对连仄

土沃水是脉，山高人为峰。
湖清玉溪秀，治世建奇功。
杂花惜果少，云根助龙腾。
连平对连仄，拙句寄真情！

清平乐·赠李元华

绿深红透，风采人依旧。翼展高天云出岫，恰是这般时候。　　红头绳系龙江[①]，歌台几度沧桑。唯有痴心未改，夕阳胜似朝阳。

【注】

① 李元华以京剧《龙江颂》中饰演阿莲成名，又在歌剧《白毛女》中饰演喜儿，红彻舞台。为著名歌唱家。

长安女儿行

西安女茜尼，画家王自美之女，茜华之姊。赠我木制花瓶，述说经历，云入梨园不喜秦腔，经坎坷破镜重圆，木花瓶当风经售。故有此诗。

长安女儿娇小姿，丽质天生意自持。
梨园春新秦腔老，有负东风第一枝。
落红忽过东邻去，十月霜雪扰凤池。
红颜遭逢不平事，美丽忧伤有谁知？
柳暗花明峰回转，赖有维沙小公司。
自描自画当风售，比若男耕并女织。
瓶彩妖娆千百态，恰似燕泥初嫁时。
回首四顾发感慨，人生崎岖多路石！
何尝万事皆如意？十之三四便曰值。
春暮看花咸阳道，云轻烟紫红欲湿。
问花不语花解语，花开花落叹花辞。
赠君四季杂花树，常向花丛觅小诗。

浣溪沙·读魏新河之《秋扇》集

稼轩气象柳卿词，豪情那面是痴儿。若无眼泪定无诗。　　效古犹须辟蹊径，求新适可破樊篱。一团秋扇最当时。

致居庸诸友

你唤居庸关，我是八达岭。
相邻作外围，胜似三分鼎。
嘤鸣气相投，自来不用请。
你韵细如绳，我韵宽数垅。
新韵和旧韵，协同好风景。
谈谯云水间，长醉复还醒。

续赠薛林兴句

夜色临池鱼咬月，晨风拨雾鸟谈天。
三千仕女相形影，胜似君王美过仙。

丁亥大寒，晤著名画家薛林兴，喜其“夜晚临池鱼吞月，清晨拨雾鸟谈天”句，为改一二字，缀而成诗，约二人共署。

第三编　诗海弄潮

(2009—2013)

A卷　感事抒怀

更　岁

道是时光唤不回，西风寒冽暖风微。
新来自有诗心异，抛却桃符唱雪梅。

年关感言

全球变暖我偏冷，那面危机咱复兴。
蜀道险滩经过了，悠然一曲踏歌行。

忆 梅

如冰如玉又如诗，楚楚堪怜无媚姿。
郊外已然香雪海，心头还是那一枝。

浣溪沙·立春

岁尾年头有所思，冬春异地不同时。归心落寞暂无期。　　静雪满园如待月，梅花一树是催诗。者人更比那人痴。

（在上海）

浪淘沙·年关寄友（在上海）

雨雪正茫茫，湿了行囊。几番客路又南翔。梦里徘徊如燕子，寻觅家乡。　　窗外腊梅香，诗酒文章。弦歌后面有嗟伤。爆竹声声浑似昨，多了彷徨。

又 韵

雨雪趁昏黄，检点行囊。西风寒冽我飞翔。漫道江南春色早，不似家乡。　　难忘旧时光，河绕村庄。风帆十里豆瓜香。梦断千番皆不是，暗自嗟伤。

清明诗二题

（一）

清明花雨客愁新，故土荒郊梦里寻。
我是家乡原上草，一躬一拜复长吟。

（二）

清明细雨若游思，系在村头知不知！
梦绕魂牵三叩拜，身虽花甲是痴儿。

示子今

7月21日，吾赴上海。外孙女是日诞生，吾名之子今。岂此子与外公有约乎！喜不自胜，诗以赠之。

顺天而降，盛暑之晨。
至喜至爱，青青子衿！
造化无疆，惠及汝身。
路广且长，行知树人。
真善智美，自立是金。
卓尔且群，光延祖门。
幸哉至哉，悠悠我心！

临江仙·子今百日

子今满百天，诗以贺之。亦人生之乐事也！

云破天开一声响，晨光降下新婴。京华千里我先听，飞身来沪上，满眼看风轻。　不觉光阴已三月，嫣然笑脸盈盈，向人咿呀说不停，此中有真韵，源远自诗经。

无题四则

(一)

岁老春浓暖气薰，此身尚有未招魂。
心中旧事还新事，梦里山深与海深。
怯酒时常还醉酒，惜春多半是伤春。
落红簇簇真如昨，人不送花花送人。

(二)

莫道东风弯不直，跋山涉水太参差。
江南已遍青黄果，塞北犹然残雪枝。
欲把炎凉说世事，莫如诗酒唱相思。
乱红又落潇湘馆，可有新愁似旧时！

(三)

问君何处忆春魂？谷雨时分雨纵深。
一伞撑开天与地，两肩并拢冷还温。
小桥带雾描新画，古寺含云说轶闻。
万紫千红皆不语，风流偏在洗心人。

（四）

长忆黄昏古渡头，骊歌轻解木兰舟。
镜中华发理还乱，醉里豪情放且收。
有刺有花皆是路，无风无雨亦成秋。
彩云又照当时月，人在江南第几楼！

木秀园诗草

（木秀园，我之蛰居也，在京东顺义农村）

耕 锄

小园瓜豆两三垅，乡愿怀思四十年。
半把锄头耕日月，尘心未净愧先贤。

清平乐·我的村居

白鸭红狗，渠岸团团柳。雨细风疏如梭走，织就田园锦绣。　　村头点豆种瓜，荷塘乱鼓鸣蛙。最是杂花自主，不思身在谁家。

花 魁

去岁花魁海棠树，今春当属二月兰。
群芳宝座轮流坐，不费心机不问天。

看 星

漫天星斗忆缥遥，想像银河飞鹊桥。
城市经年不得见，今宵万点挂林梢。

明 月

四十年来居燕市，灯光不是那星光。
夜阑斗转低依户，弯月如新照我床。

立冬的木秀园

数月在外，未理故园，不知其可。及归，门锁斑锈，辗转才开。但喜树黄菜绿，亲切依旧，以迎主人也！

小院深深锁，迟归是故人。
冬来秋未去，黄绿正纷纷。

秋不语

云来欲捉山，山挺刺云破。
乘势登高峰，苍鹰盘旋过。
携得清气来，万物成秋色。
天地无一语，斯人独萧瑟！

中秋寄友

客里菊丛迷者谁？西风黄叶两依依。
中秋予我常明月，我报中秋一片痴。
知识愈多增苦恼，感情丰厚易伤悲。
枫红雪白周而复，思绪茫茫无定时。

梦境

老来梦境渐悠长，过道柴门白发娘[①]。
虽曰京华有定所，终归彭疃是家乡。
滹沱水断堤或绿，燕子呢喃麦可黄！
思绪连翩如酒沸，随雨随风到那方。

【注】
① 老家村名彭疃； 胡同叫作“过道儿”。

归家

归心忐忑若离情，堤树参差辨路行。
墙老屋空花寂寞，再无慈母唤儿声。

答时新颂母诗

山西时新先生，吾友也。诗人兼书法家。某夜3时发给我短讯， 细看原是煎药侍母诗。其母九十三，时已六十三岁矣。诗云：“孤灯捧药奉家慈。又似当年苦读时。襟线已随华发老，梦中依旧怕归迟”。余读之心动，羡其侍母之福，达旦不寐。余父母辞世多年。每还乡，则见老屋空废，蛛网生灰，感念万千。天下之人，虽及花甲，谁无此情耶！而为之小诗一首。

油灯针线在，蛛网漫尘灰。
风雪三十载，儿归母未回！

沁园春·过敏

己丑秋冬之交，忽痛痒起于项背，医曰过敏，众人无事，我何独敏！疑惑，愤懑，而归于平静。遂以小词记之。

雨雪飘星，雾霭浮尘，不辨秋冬。有团团痛痒，发于项背，晨昏坐卧，不复安宁。举世昏茫，我何过敏？百感集来扰心旌。西风起，并伤枝怨叶，响到天明。　一枝一叶关情。叹歌舞升平掩不平。看众星做戏，无分人鬼；钱权暗结，猫鼠勾盟。墨幕如天，我心似水，万古冰壶一片清。天亮也，见秋光依旧，草碧枫红。

七夕致秀芳

匆匆七夕不知年，花甲穿梭云水间。
我在中原君在沪，阴晴聚散总心牵。

（时在郑州）

卜算子·枫与松

鬓发渐成霜，万事如云乱。望处枫栌阵阵红，道是秋无限。　　回看那支松，颜色不稍变。地老天荒未予愁，直教人人羡。

秋之兴

清秋无赖酒来浇，人过中年兴味销。
市面诗文同菜贱，城乡房价比天高。
弦歌百种崇洋调，学问千家画古瓢。
盛世光鲜肥硕鼠，冤声岂但在渔樵！

秋登高

一片西风一阵云，抚山挽水且当琴。
雏莺学唱声偏嫩，老干发花色愈深。

天外有星天不寐，林中无客月沉吟。
痴痴坐到红枫冷，故友秋思少几人！

秋不老

金风数度证炎凉，华发萧然看路长。
台上钟馗混鬼恶，溪边俚曲带荷香。
曾经沧海飘零客，踏遍青山不老郎。
瑟瑟秋声谁寂寞，夕阳那面是朝阳。

秋韵二则

（一）

枫红雪白各从容，谁令阴霾一扫空？
华夏正须凛冽气，秋风切莫象春风。

（二）

豪庭背面小山洼，柿子金瓜坠晚霞。
秋色未随贫富改，最红最艳在农家。

西江月·虎年打油词

你道武松打虎，他说虎打武松。由来争斗不消停，究竟谁输谁胜！　　天地逐年变窄，不觉同陷一笼。和谐社会重包融，人兽荣衰与共。

趣话“诗名不副”

2011年底，我的忘年交、著名思想家敢峰赠我四字曰“诗名不副”，吾极以为然，以为知己莫过敢翁。并拟以此四字治一闲章。此事为诗友所知，纷纷猜测其中涵义。晓雨说：诗好名不著，故不副；林峰说：不副皆正也；逸明说：会长是副的，名怎不副呢？其实，敢翁本意是：李诗多感慨悲歌，沉郁思考，而名曰“喜”，故诗名不合也。此诗坛趣话，堪可记之。于此，吾又有诗答敢翁。

未解雪花大如掌，惯看红叶染秋山。
身随佛界还魔界，心系梅边与柳边。
醉里看人人醉了，花间走笔笔生癫。
诗名不副真知我，都付齐州九点烟。

再我写村居

大树弯弯石土坡，桑榆岁月渐蹉跎。
邻翁指点瓜菜垅，童稚寻翻蜂鸟窝。
门首堪容云出入，酒樽宜把剑销磨。
离离白发夕阳懒，翻唱空空好了歌。

蝶恋花·木秀园

山外堆云如乱堡，雁阵徘徊，没入河边草。雨片风丝吹到晓，落花算比去年少。　不惯城中弦管闹，为了炊烟，为听鹧鸪叫。仰看星辰春未老，无须电脑替人脑。

乡思

清明时候起沙尘，未阻郊原杨柳新。
衢路滔滔商贾客，乡间寥寥种田人。
莫与冬春计长短，宜同朋辈共寒温。
西风吹洗天边月，嵌入乡思又一轮。

过大学夹道旧宅

侧身幽巷行，踽踽辨门庭。
墙老连窗裂，草新夹道生。
蜘蛛忙结网，鸟雀静无声。
扃锈夕阳晚，依依是旧情。

春归梦

寒暖回环正此时，恼人节气是催诗。
拆分一段春归梦，系向家乡杨柳枝。

怪话作协聚会

中国作协每年一度，临近春节在京举办联谊会。规模愈来愈大，人数愈来愈多，以至从北京饭店移至人民大会堂，亦有找不到座位者。其中不少为奖品而来。许多根本不是作家或文人。故老李有怪话云：三分之一不会写文章，三分之一会写马屁文章。又诗云：

三成不会写文章，摸奖歌吹大会堂。
稽首相逢多白发，文坛呼唤少年郎。

钓鱼台聚会感言

月初，钓鱼台芳菲园举行文史诗词界新春聚会，兼诗词吟诵演唱会。规格颇高，老者居多，新旧杂错。诗词亦有滥竽充数者。刘征老师以为启功先生的七律最佳，试以启先生韵记其事。

芳菲园聚岁更时，节假劳形步态迟。
互道新春一声好，刀叉杂错竞飞卮。
舞台旧曲混新韵，头顶青丝掩白丝。
天若有情诗不老，悄然槛外绽梅枝。

龙年乱弹

欲梦成龙老不成，有形归底是无形。
几回龙庙坍塌了，多少平民享太平！
史向沉浮说向背，人同草木共衰荣。
夕阳如醉天如酒，更待星稀唱月明。

诗坛偶题

春花秋月换人间，远去当时那片天。
年齿已然超李杜，诗坛犹自是青年。

老友聚会二则

（一）

又聚西山月一轮，落花时节道温存。
牢骚一阵犹如火，华发四座乱似云。
计议功名虚度了，倘言诗酒逊谁人！
大千世界多歧路，太息如何教子孙。

（二）

天低云起日西沉，长短高低士一群。
朝野新闻大小道，养生秘诀假还真。
觥筹已见龙钟态，议辩犹然童稚心。
执手依依忽落泪，不知明岁少谁人。

危言2012

白云落地未成雪，两极升温心渐冷。
江河湖海息涛波，烧炙龙蛇扳倒井。
我诗飞出招不得，人类已至残冬景。
杞人大智是忧天，发聩振聋敲未省。

耀廷病榻

朱耀廷兄为吾老乡，北大历史系同窗挚友，著名元史专家。不幸于2010年5 月病逝。

负笈同窗忆旧时，无言相向不胜悲。
案头卷稿须梳理，学苑门生待解疑。
谁是华陀神妙手，不教眷属泪沾衣！
天公若个真公道，招致贤才务缓期。

吊速算大王史丰收

速算大王史丰收，吾人好友也。名声卓著而生活不幸，稍过半百而英年早逝。诗以悼之！

农家一根苗，扶摇成大树。
算法反传统，独辟奇特路。
超过计算机，世间称神速。
穿行云海间，声名环球著。
为人性率真，坦荡无成府。
独行多惆怅，奇才别有苦。
疾痛侵身心，生命何其猝！
恶耗恸秋节，连天起愁雾。
相知三十年，历历如在目。
长歌送丰收，不觉泪如雨！

2009年10月

痛悼希全

年轻诗人刘希全，刚刚48岁，于中秋去世。好不痛哉！希全曾在光明日报社会部与我同事。尤其是诗思敏捷，朴实真挚，于新诗多有开拓。追悼之仪，我在上海，不能亲赴吊唁，特献辞给他。

你诗新锐，我诗古典
我们本约定进行新旧的论坛
而你却化作炽烈灿烂的光焰
留给人间长长的叹惋

赞曰
同室操诗　君锐我钝
新宜鉴古　古宜出新
为文之道　土沃根深
高山流水　互有知音
遽然隔世　我泪沾巾

2010年中秋

还乡怀孙犁

孙犁家与我村庄相距八里，俱在滹沱河畔，今已面目全非矣。

当年流水绕堤沙，八里风帆到我家。
渠井于今皆败朽，不知何处觅荷花。

领老年优待证

领了老年证，在北京免票乘公交车和进公园。被人照顾了，有点不是滋味。

不觉皤然花甲年，蓝绳红卡系胸前。
我须社会怜悯了，追昔抚今意怅然。

2010年9月

无名界二题

（一）

一个人儿一座山，且随烟雨伴云闲。
半川秋叶胭脂紫，几曲溪流翡翠蓝。
草上有风疑似鸟，林中无寺是真禅。
黄山看罢即来此，但有性灵诗不凡。

（二）

远离鼓噪与繁华，地鄙山微天净沙。
曲径有林花作秀，寒山无寺月当家。
拂衣曼柳柔柔细，照影池潭浅浅斜。
嗟我尘心还未了，梦中沽酒弄鱼虾。

老来

花甲萧骚两鬓秋，流光去也莫勾留。
宜将昔日急风火，换作今番软缓柔。
看我儿孙绕床戏，笑他商海攒眉头。
老来学品闲滋味，黄酒青蔬白米粥。

又登高（折腰体）

重阳仓促忆春温，绿瘦红肥又一轮。
云抹山头易生彩，风行水上自成文。
霜叶当时曾嫩叶，花魂至处亦诗魂。
谪仙老杜真超迈，唱到秋关最动人。

我的秋居

世间风雨任飘萧，人境幽然在野郊。
大地呼吸听得见，流星尾巴可摸着。
无名宜避凡尘染，曲径能将朋辈招。
又是一年秋欲醉，重阳把酒再登高。

我的茅屋

远离都市与喧哗，郊野茅庐且作家。
几度翻云无复雨，时常种豆却得瓜。
冬春进退知寒暖，朋辈往来添酒茶。
失地村民罢农事，隔篱笑我乱栽花。

拟鹧鸪天·子今两岁

外孙女于2009年7月出生，两周时以词相贺。尔后发现天下宝宝都是如此这般。

爱好老鹰抓小鸡，餐餐吃饭打游击。手机电脑都玩转，不打招呼就“嘘嘘”（指撒尿）。　　真聪敏，特调皮。唐诗六首烂如泥。自称宝宝最能干，地位全家排第一。

一剪梅·张子今小朋友

梦境新来总是她，小小子今，淘气娃娃。瓢勺锅碗过家家。模仿刷牙，乱笔描花。　　背诵唐诗挠脚丫，不怕“高高”，误了“哗哗”①。来年随我走天涯，踩浪追霞，拾贝堆沙。

【注】

① 贪玩打秋千而忘了撒尿。

如梦令·本意

岁月风吹云过，进退是非凉热。一梦醒来时，唤作名缰利索。全舍，全舍，　还个真实的我！

热浪诗

几度沙尘暴，多条河断流。
京华霾似幕，沪上火浇油。
苛政渐能忍，诗心不可收。
可怜还有梦，伴我到中秋。

（癸巳夏）

吾诗发表后，有数友来和，俱精彩。特录如下：

杨逸明（中华诗词学会副会长）

三伏如蒸困小楼，折腾逾月未曾休。
毛巾给力勤除汗，电扇加班乱转头。

天上甘霖难普降，人间美梦莫奢求。
诸神都在清凉界，哪管凡民渴望秋。

宋晓梧（中国经济体制改革研究会会长）

十万粮高产，围湖水断流。
民房强拆后，苛政水浇油。
霾雾尚能忍，世风不可求。
原来都是梦，何日醒清秋！

许东良（安徽宿州诗人企业家）

沙尘何日尽，水断几春秋。
苟为苍生计，谁人愿下楼！

诗程五十年暨癸巳中秋诗友唱和

自1964年入北大学史习诗，转眼五十年矣！回顾诗路，感慨系之！兹将新作一首及当年入北大诗刊载于此，以飨关心我的师友，不尽谢意也！值中秋，诗发，诸友唱和，俱极精彩，陆续录之于后。

五十年回眸

拜别家乡水，忽忽五十秋。
知音天下渺，乱象眼中浮。
未惯清平调，慵交万户侯。
江湖俱萧寂，何处认归舟！

附：

赵京战和诗

辞家三万里，不忍渡中秋。
挚友星云远，幽思月影浮。
诗钦工部调，官羡博陵侯。
虽未乡音改，滹沱不载舟。

杨逸明和诗

科学侵诗意，骚人辜负秋。
举杯心已冷，望月梦难浮。
蟾兔无生命，婵娟是石头。
知天如指掌，偶亦怨神舟。

许东良和诗

经年充耳太平调，乱象迷蒙赤县天。
佳节登高询一事，何时月与梦同圆？

吴宝军和诗

遥望今宵月，蹉跎几度秋。
清辉仍未减，陋室却先收。
身处云天远，光播山海幽。
千年皆独立，不与众星谋。

宋彩霞和诗

默数燕京月，悬悬四载秋。
香山笺外梦，白发梦中浮。
已见风沙漫，曾经雨水稠。
开天寻皎洁，隐隐哪方求。

B卷　咏物篇

秋　松

遍览枫红意似平，不俗不媚不凋零。
栋梁角色终无用，徒抹人间一片青。

元宵思月

那方升起这厢沉，先照凡间失意人。
悟得大千皆幻影，依然邀月诉琴心。

春　梅

识得春风乍暖寒，岚光秀色未均摊。
攀援回首云霄界，一束梅花对万山。

题梅花图

伴了冬寒还报春，冰姿艳骨最精神。
如何落墨文人纸，化作斑斑血泪痕！

咏 蝉

换骨脱胎不是虫，临风抱树向天鸣。
炎凉难改君旋律，直去直来一个声。

中秋遐想三章

中秋，是人类最爱遐想和最寂寞的日子。尤其是诗人。

望长空

无始亦无端，茫茫天地间。
盈亏皆幻影，圆缺不相关。
织杼何曾渡，牛琴属乱弹。
天庭最清冷，至爱在人寰。

望宇宙

方寸人居地，常怀万里忧。
时空本无限，何处是尽头！

无月思

中秋岂无月？月在云中藏。
圆缺乃表象，地影遮其光。
球月本冷漠，光热赖太阳。
万物皆若此，光环多伪装。
我辈渺如沙，无须细思量。
寸心寄真爱，世事任茫茫！

我家海棠 组诗

唐宋文人以为海棠无香。留下公案千载，主香者又无实物可证。而吾家海棠确实馨香浓郁。壬辰谷雨，恭王府海棠雅集，吾携一枝参会。香动四座，为千古翻案者也。

（一）

娇红簇簇沐春光，公案千年费思量。
它处海棠姑不论，我家朵朵有馨香。

（二）

枝枝娇艳映西墙，诗案纷纭日月长。
我有海棠非富贵，含羞不语是真香。

（三）

一年一度海棠红，寒暖悲欢共老农。
草木之心在泥土，原香带不到城中。

（四）

谷雨清明荞麦风，桃花李杏各匆匆。
海棠不受宫墙掩，十里村头抹粉红。

（五）谷雨雷雨，海棠如雪片坠落

一别清明后，深宵骤雨时。
花落不忍扫，纷乱也成诗。

恭王府海棠雅集（一）

和韵一

庭院深深到海棠，花墙月影路悠长。
游人争睹潇湘馆，拾得红楼一瓣香。

和韵二

池水半塘云半塘，恭王府邸柳丝长。
海棠不管春将老，依旧薰风十里香。

和韵三

木石联盟不到头，村言假语亦春秋。
游人未解愁滋味，只把海棠镜里收。

和韵四

兼得林荫共鸟吟，遥思种树者谁人。
香魂化入红楼梦，穿越冬春唱到今。

记雅集

恭亲王府海棠新，蹀躞枯荣第几春。
前燕似曾识后燕，卿云当不是浮云。
诗章共我嘘寒暖，碑帖为谁记陆沉。
今日和君歌盛世，更添檀板与金樽。

溯清史

满汉争锋山岭关，长城万里勿须还。
并来东土八千里，输却西洋二百年。
光绪宫藏多变卖，中山遗训未真传。
海棠深处流歌板，疑是红楼诗酒船。

怀雪芹

南来燕子舞频纷，月映藤萝色不均。
水绕廊回怜曲径，风消雨住怕生尘。
梦中似我还非我，心底花痕复泪痕。
一部红楼千个傻，谁人真解雪芹君！

和逸明韵

文坛争议海棠香，公案千年话短长。
苏子恋花魂入梦，李生翻被月侵床。
明前难辨茶多假，雨后方知荷半塘。
一块薄田和草种，内人说我老来忙。

（2012年）

附杨逸明：

步树喜兄海棠诗

（一）

京城春色满篱墙，骚客看花意兴长。
我读手机传好句，诗中还带海棠香。

（二）

何啻江南绿映红，北方亦自有花农。
我知一个诗人李，劳作京郊小院中。

恭王府海棠雅集（二）

恭王府海棠雅集，一年一度。去岁领韵者周汝昌老，今已作古，花是人非，思之怆然。今叶嘉莹老领衔作“金缕”一阕。吾不敢和，以为众人一律，不及漫句杂兴无所拘束，亦海棠潇洒之蕴义也。

绝　句

一年一度又重来，送雪迎春次第开。
我道海棠风骨劲，扫天扫地扫阴霾。

七 律

划破尘霾又见花，恭王西府韵无涯。
云间随意翻苍狗，槛外悠然噪暮鸦。
树历严冬知冷暖，人经兴替变龙蛇。
海棠不管春将老，染了朝霞染晚霞。

吊周汝昌老

蒙瞳双目亦光芒，领唱恭王诗乐章。
百卷红楼添一梦，惜无见我海棠香。

2013年

龙年联诗

鲲鹏举翼不知远，阅尽风光数万千。
多彩卿云翔北海，无声瑞雪护幽燕。
管他色界还空界，何计龙年与兔年！
裁剪秋冬人未老，诗潮直上九重天。

威海有忆

环翠滩头人迹浅，刘公岛上日光多。
巴鱼饺子包天地，沧海云帆一网罗。

浣溪沙·公道

你说反常亦正常，人家吃肉我喝汤。荒唐多见不荒唐。　　都在人前呈笑脸，管他背后骂亲娘。舞台两面唱双簧。

龙年说诗

掀翻风色三千界，澎湃诗潮九百春。
谁道英雄浪淘尽，龙蛇劲舞唤新人。

【注】

自东坡歌大江东去已九百年矣。而诗潮不衰反盛也！

读毛泽东诗词

山河湖海人天地，风月雪花松竹梅。
豪婉容融流韵壮，和声涌起大潮来。
经天纬地铸诗魂，独领风骚一巨人。
百舸争流千里雪，引来多少沁园春！

瓦工老鲁言

小子决非生性狂，三杯下肚敢开腔。
公民道是皆平等，狗日流油俺喝汤。

寥寥工薪怜汗水，沉沉枷锁笑贪赃。
工棚渐寂心难静，梦里妻儿白发娘。

降温打油诗

天气预报说，很冷，又要降温了，诗以记之。

转动时针与秒针，天公不解众人心。
春光才露尖尖角，未待升温又降温。

“西厢记”和“人面桃花”

吾家乡河北安平县，古博陵郡，崔姓之郡望也。崔护、崔莺莺故里。旧时以才子佳人传闻为耻，故崔家所在村镇，不许唱“人面桃花”和“西厢记”。思之憾然。今草一律。叹真正爱情多悲戚、有情人终成泪眼也。

千年那日那门庭，人面桃花忆博陵。
民女无从识崔护，莺莺毕竟怨张生。
秋风几度吹寒暖，春水翻然变雪冰。
千古缠绵曲未了，有情归底是伤情。

壬辰春分

阳光仅此一时均，财富官权谁肯分！
唯愿春山闲一隅，停歇几片北漂云。

虞美人·春愁

村南舍北生新草，客里着春少。丝丝细雨惹乡愁，梦里南行大海看潮头。　徘徊不见来时路，寂寥无归处。已然广厦万千间，何事城乡士庶未开颜！

邻邦发射

砰地一声向太空，霎时来个倒栽葱。
本当柴米油盐款，化作爆竹烟火红。

桃园杂咏

杜　仲

蔚然密密已成林，日日林荫并鸟吟。
药性知君勿谈药，免伤尔我两身心。

绿竹

初至我家三两根，十年茂密且群群。
天高地窄难舒展，分出几枝赠友邻。

伐竹

动锯挥斤内心伤，削枝去叶对竿光。
随材任使古今少，豆架瓜棚亦栋梁。

自扎竹帚

毛枝细叶付刀裁，木把钉丝扎起来。
寒舍小材堪尽用，扫天扫地扫阴霾。

野草花系列

绿草

平居百姓帝王家，行遍天涯总见她。
春秋无改君本性，终身翠绿不须花。

虫草

是虫是草迥难分，历夏经冬值万金。
纵然全身都作药，难医世上巨贪心。

雪　莲

不予争春不报春，芳心寂寞雪中身。
一支独秀天山顶，未染人间半点尘。

荠　菜

最早萌发是此身，着春犹自带泥痕。
待到群芳凋谢日，白花簇簇祭春魂。

喇叭花一

有种有根还有情，无耕无作自萌生。
世间烦乱知音少，只做喇叭不做声。

喇叭花二

繁花朵朵一根藤，偏向篱笆树上行。
世上已然嘈切甚，最高境界是无声。

车前子

消炎止痛叶须根，当日医家遍处寻。
世道于今重洋药，郊原随处可安身。

马齿苋

粗枝厚叶青如玉，散淡花簇灿似金。
遥想当初尚无马，命名马齿又谁人！

蒲公英

白浆刺叶带艰辛，食药同源在一身。
十万伞兵飘种子，几多泥土可扎根！

芦　花

秋水中央戏暮鸭，儿时初识是芦花。
青青一叶能航苇，渡得乡思到老家。

背阴花

身处墙根且背阴，冬长夏短岁寒心。
一生不得阳光顾，依旧欣欣向众人。

茶山翁

一茶染绿钱江水，两担能挑神女峰。
隐约云中常不见，仙翁下界做山翁。

戏答钓鱼诗

身在池中已是囚，何须计较有无钩！
可怜困坐鱼塘者，不得逍遥作远游。

流浪猎犬

昂首街头不乞怜，逐风啸月忆当年。
纵然食宿失着落，项上幸无绳套牵。

鹧鸪天·飞天超越（应光明日报作）

跨越征程路八千，银河景物此重勘。载人岂止俄和美，有我中华是好盘。　　三箭射，凯歌还。纵横捭阖九重天。千秋百代梦连梦，十亿民心圆复圆。

汉俳三则

汉俳小技耳，吾且试之。在壬辰之秋。

（一）

春来燕子回
芳菲不耐暖风吹
雪中好看梅

（二）

知音何处寻
花娇叶嫩各纷纷
寒风布早春

（三）

一衣带水邻
百年血火染风云
神殇几代人
端午乱弹二

汨　罗

荆楚入歧途，秦皇扩版图。
灵均愁欲死，鱼鳖喜还呼。
功利归权势，是非涂史书。
年年汨罗水，汇入酒一壶。

不　跳

端午望重阳，人间路正长。
蒙冤不跳水，等看菊花黄。

岳阳楼二则

（一）

遥叹灵均百事休，犹闻老杜唱沙鸥。
屡经变乱难为爱，除却悲秋也是愁。
汀岸清明天在水，渔歌沉寂月临舟。
可怜千古范公句，不住人心在酒楼。

（二）

未至洞庭先有辞，读通范句汗淋漓。
世间清浊堪难辨，谁个先公而后私！

天若无情天便老，月如有恨月常离。
巴山夜雨连江海，相忆杜陵歌哭时。

观书有感①

峡谷千重障，书香百篇词。
楚刀裁更短，不解李家诗。

【注】

① 湖北某出版社旅游诗集，把我的一首诗署了别名，且注明是宜昌人。

观潮三则

钱塘大潮，吾未能观，心已听之矣。且为之诗。

（一）

赴约钱塘最守时，海天物我不相欺。
怒潮拍得神州醒，合是人间第一诗。

（二）

醒狮振起恃风雷，卷地冲天何壮哉！
海事未平边未靖，明朝更起大潮来。

（三）

咆哮奔涌蔽海空，风光几度却无踪。
波潮当似杯盘物，起落几番没口中。

知　秋

又对西风卷白云，花红果艳各纷纷。
三冬过硬春偏软，还是秋光最动人。

苏州静思园二题

（一）

世多歧路赖扶持，大众草根皆可师。
万象浮华难入静，宜来此境作深思。

（二）

八方绮丽结云根，塑像塑身还塑心。
众口皆夸颜色好，最珍贵处是精神。

玉楼春·冬日无题

惯见新颜偏忆旧，少时梦境三更后。西风昨夜下长安，湿雨枫红秋欲透。　书剑飘零诗百首，子陵滩下农家酒。我有迷魂欺不得，还向天涯深处走。

西江月·冬日

白发三千醉月，秋风万里削山。几番寒暑又何年，探问冬之深浅。　过客匆匆如蚁，诗书兀自清闲。四门烟树俱阑珊，懒把官权细看。

附 梅振才先生和词

元旦收阅燕园学友树喜君一阕新词《西江月·冬日》，词美意深，感而和之。我俩共同筹划编写《文革诗词选注》一书，望能在今年完成。

久历他乡风雪，长牵故国河山。匆匆岁月又新年，阅世方知学浅。　痛史岂容湮灭？书生不敢偷闲。钩沉意绪未阑珊，且再挑灯夜看。

2013年元旦于纽约

菩萨蛮·观评剧《祥子与虎妞》

痴男怨女何归路？三杯暖酒春风度。生死虎妞情，深深鸣不平！　　车行一幕幕，世态小人物。落泪贵如金，戏魂在闯新。

浣溪沙·岁末居浦东

（一）

雪意阑珊淡抹云，幽然一径腊梅深。残红细辨是冬痕。　　朝野舟车多在路，忧欢寒暖不均分。诗囊聊抵一壶春。

（二）

一抹寒霜几点痕，秋红何去勿须寻。梅花带雪最精神。　　拨径通幽偏喜远，携诗会友不忧贫。惯从冬至探春温。

附赵京战：

步韵树喜兄

放眼高天积冻云，江南犹是雪深深。春风春意觅无痕。　万里亲朋有我在，千秋忧乐与谁分！且将杯酒付明春。

迎蛇年打油二首

(一)

来年要属蛇，君子意如何！
陌上农夫少，江湖花样多。
微博晒腐败，大雾掩风波。
习以为常也，时光醮酒磨。

(二)

寒潮起天末，世道替龙蛇。
雾里透明少，官权交易多。
毒汁堪做药，骨肉下汤锅。
不怕被谁咬，鱼龙混水摸。

浣溪沙·春湖

薰风袅袅复依依。芳草自由花不齐。湖山小径染春泥。　车马已然杨柳岸，那人才到小桥西。中间隔着杜鹃啼。

北京大雪歌

北京大雪，难得难得：大地正须待雪之水，华夏正须凛冽之气，此其时也。歌以记之。

红黄秋正浓，北地忽大雪。
云起何茫茫，风卷何烈烈。
洗刷老长城，埋没天边月。
彼岸有纽约，风暴亦肆虐。
驴象拼大选，争辩无休歇。
小小地球村，居然同凉热。
待到雪化时，竟是何世界！

11月3日

龙年限东韵

鹧鸪天·迎蛇年

（中华诗词编辑部约定同题限韵）

百折不回还向东，龙蛇幻化宇寰中。彩云几度邀明月，诗酒轮番唱大风。　　穿雪白，踏枫红，春潮涌动叩天钟。复兴梦久非虚渺，磨砺文功与武功。

小住龙井

冲破围城即向东，龙蛇幻化有无中。晓帘淅沥潇潇雨，夜幕缠绵淡淡风。　　星月渺，画灯红。茶溪子午不闻钟。连年客路天涯远，检点诗囊未计功。

雾霾天气打油诗

（一）

龙蛇交替乱成粥，万象蒙尘雾里头。
世道人心怎么了，三冬腊月盼寒流。

（二）

漫道新兴比盛唐，诗人笔墨总堪伤。
九州霾雾摩天厦，遮住窗前明月光。

乌坎风波歌

南海小镇曰乌坎，辛卯之秋风云卷。
抗议请愿数千人，赤橙黄绿旗色乱。
一石激荡九州波，传媒社会刮目看。
莫非敌对起妖氛，可是百姓要造反？
官民警商相纠结，一波三折迷人眼。
死伤囚禁皆不服，直至省城出面管。
转变视角思路新，持正透明无遮掩。
缘由土地起纷争，乡里村民护饭碗。
百姓诉求多合理，殃民祸政是贪敛。
古今贪腐伤民心，是否公仆看实践。
条分缕析辨清浊，双规镇长不护短。
坦承众怒皆有因，一派真诚见肝胆。
万丈波涛一麾平，风雨过后彩虹展。
各方好评赞双赢，当是执政新经典：
转型社会诉求多，莫须神经太敏感。
有水浮舟亦覆舟，思维手段皆须转。嗟夫！
古来治世三镜是箴言，于今自鉴自明更高远。

“博陵第”颂

博陵第，元瓷名号，品类有青花，釉里红，五彩多种，器底有扁圆、长方及葫芦形状标牌。近年出土发现，琳琅满目，无可否定。为张文进家族制作。其祖曾居博陵，制瓷定窑。博陵，古郡名，今河北安平县定县一带，吾人家乡也。

华夏后土，王道汤汤。
惠及博陵，殊有其光。
千秋百代，彪炳汉唐。
享誉海内，人物文章。
宋辽之际，定窑辉煌。
天下纷争，北雁南翔。
怀技携家，觅路他方。
赣闽吴越，故技重张。
领异元瓷，绚丽堂皇。
款识博陵，不忘家乡。
板荡流离，盛世收藏。
感念先哲，桑梓李杨。
珍之宝之，研习弘扬。
先贤佑我，文运绵长。
协和万物，诸事康庄。

诗曰：

劫波几度土中埋，冲破尘霾奋力开。
信是元瓷真本色，寻根喜到故乡来。

癸巳年夏

独思怪论系列八则

上 网

白日沙尘暴，黄河欲断流。
欲知天下事，上网任云游。

电 脑

漫游四海任奔驰，融汇千年新旧知。
电脑时常令人恼，病毒垃圾屡相欺。

睡 床

人生多少好时光，半是奔波半在床。
一架弹簧君助我，天天能把地球扛。

冰 箱

方方正正腹中空，割据房间一角冬。
总把鲜活变衰朽，还说它有冷藏功。

哀 蟹

从不弄波澜，蹒跚湖海边。
横行非霸道，拒捕始出拳。
人已餐其肉，如何复恶言！
回看小蟹仔，孤苦亦堪怜。

【注】

人们称之“横行公子”，笑其被煮熟的“一背红”的颜色，太过苛刻。

煮豆萁泣

煮豆燃豆萁，萁在釜下啼。
我身成灰烬，你去哄嘴皮。

牛与鞭二则

皮鞭打老牛，老牛皱眉头，
本我身上物，为何反成仇！
挥鞭打老牛，鞭子泪花流，
你老还活着，我成零碎头！

竞技场打油诗

天道有常更冷暖，人心太过重缺圆。
社会犹如运动会，少数竞争多数看。
看人又似观残奥，盯住人家那缺陷。
官场犹如平衡木，腾空容易平衡难。
升迁不是选拔赛，除了本事更要钱。
收官好比戏收场，上台不易下更难。
但愿君心似明月，从容潇洒度关山。

泥·莲·荷·藕组诗

泥 赞

莲之艳和藕之洁，根基还是脚下淤泥。以泥之污对比荷之洁，误矣哉！

默默铺陈底，兼收并贮藏。
风兴固荷梗，冬至御冰霜。
不是淤泥厚，何来菡萏香！
歌莲采藕者，根本莫相忘！

人荷对照

文人久有爱莲说，今世廉洁论更多。
行到池塘休指点，官权谁个品如荷！

藕不出头

为使莲荷娇艳殊，清白如玉一生孤。
为知尘世玷污甚，宁守淤泥不愿出。

四言说藕

岂乃无情，不断多丝。
为使荷艳，没身污泥。
居而不染，裸而无衣。
此玉绝美，宜食堪诗。

最后一枝荷

独立水中央，残红对晚阳。
为知冬不远，分外惜秋光。

致野薄荷

我之村居，前院生满野薄荷，香冽沁人。故为之诗。

此地君居久，遥遥多少春。
我来筑寒舍，搅扰且为邻。
香冽君品性，孤拙我不群。
莫言谁主客，旦暮共晨昏。
百年草依旧，我逝若浮云。
彼时这世界，还尔净无尘！

如梦令·雁阵

背负夕阳归去，没入胡沙汉地。谁为解春秋？道是晨霜雁翼。万里，万里，惊得一天云起。

黄　山

沧桑百变自从容，意态悠悠十万峰。
雄视三山和五岳，只缘不受帝王封！

清平乐·山中溪流

渐行渐远，曲曲还款款。圆缺阴晴全不管，涂抹岚光浅浅。　　时而隐匿潜行，时而欢跳奔腾。精彩只一小段，看来好似人生。

卜算子·致一片黄叶

君自早春来，又向深冬去。万绿从中一抹黄，报道秋消息。　　遍处是红颜，谁个能知己！待到千山凋落时，踏雪来寻你。

桃花节记趣三题

桃花阵

野草凌寒斗紫红，柔情今者胜豪情。
城郊布下桃花阵，湮没泱泱十万兵。

桃花与菜花

楚楚桃枝带剪痕，周遭油菜灿如金。
红红未抵黄黄艳，缘是杂花野性淳！

郊野童心

春来郊野秀成堆，谁信童心唤不回！
最喜园林花色乱，游人带得菜香归。

豪宅印象三则

（一）

藏得陶朱亿万身，干云豪气亦萧森。
主家偶尔来歇脚，长相厮守是门人。

（二）

锦地花天绝世尘，秋风园柳亦鸣禽。
可怜鹦鹉真呆鸟，不识谁人是主人。

（三）

精舍豪园意若何？时光无赖任消磨。
老人保姆阿猫狗，不及农家秋色多。

野 草

桃红李白竟撩人，为有农家侍弄勤。
野草无须谁个管，自由自在也描春。

春 色

百里驱车近苎罗，山溪犹唱浣沙歌。
城中楼馆新潮女，未及田间春色多。

菩萨蛮·农家房

城中数万一平米，寻常百姓买不起。村落看民俗，巍然座座屋。　　有钱没有事，尽管造房子。冰火两重天，改革难上难！

红楼电视剧选秀打油三则

（一）

举债食粥曹雪芹，红楼一部济今人。
最是凄惶刘姥姥，片酬一刻也千金。

（二）

假亦真时真亦假，今如旧事旧如今。
大牌策划名编导，采选女孩最认真。

（三）

当年冻馁仅食粥，未卜今番喜与忧。
三十万人争入戏，十分浮躁闹红楼。

诗写台上美女

盛世红颜价不薄，热钱数万一支歌。
粉丝追捧呼名姓，权贵延邀赠宅车。
待月崔莺俗气少，下凡九妹炽情多。
戏中角色来相照，月影冰花不耐磨。

同逸明、玉峰二兄聚龙华寺

客路申江且作家，岁寒三友聚龙华。
西窗晴雪梅花冷，诗话殷忧入酒茶。
林华寺古最邻春，雪霁腊梅颜色新。
世上钱权勿须叹，佛家真谛是无尘。
融通佛界凡尘界，雅集诗家书画家。
千丈高楼凌沪上，还须翘首望龙华。

附姜玉峰：

七 绝

斜日融融欲胜春，梅花殿下淡妆新。
独尊俯首终清醒，一样生根在浊尘。

和逸明兄外滩七律

不擅舟车信步行，歌吹笛响奏和声。
积来风雨百年事，赢得中洋万里名。
西侧犹存马桶巷，东端崛起世博城。
泥沙俱下浦江水，惯照新旗插旧营。

和逸明召稼楼七律

寻春颇似不知春，问路浦东江水滨。
世味已离都市远，诗书转与古人亲。
纷飞燕雀家何处，杂错杯盘酒几巡。
景物由来编故事，任他复旧或翻新。

附杨逸明：

与树喜玉峰游召稼楼

立春方至即游春，相约驱车歇浦滨。
转眼已离尘市远，有朋来与水乡亲。
陈年村酒斟三过，当代楹联笑一巡。
古镇翻修难似旧，也随时世斐然新。

逛南京路外滩

又向洋场十里行，人流车水沸腾声。
一条街售全球货，多处楼标外国名。
今见文明钱砌就，昔闻幸福血铺成。
当年大救星歌曲，钟响依然耳畔萦！

反恐有感①

惯把人权说事情，地球村里不消停。
强权积怨生强虏，死士同仇忘死生。
一仔白宫灰白发，多民蓝海古兰经。
从今刺客三千剑，俱向拉登拜姓名。

【注】

① 听拉登被杀新闻。

题富春山居图合璧

一幅丹青卷，八方游子心。
天涯咫尺界，百代寸光阴。
玀火知情性，分身念至亲。
归帆云带月，冬尽看春深。

得成吉思汗青花瓶

瓶为典型元青花瓶。肩有汉字“大蒙成吉思汗皇帝万岁万万岁”，年代应该在建元之前，为成吉思汗所用器具。它处未曾见也！

海浪滔滔腾巨龙，悠光古韵静无声。
八方寿贺天骄子，敢是蒙元第一瓶！

题居士博客

三千缘复劫，彻悟几何人。
谁在菩提下，一心修素心。
多歧识正路，无欲远红尘。
万籁声未寂，禅中诗韵深。

雪花辞

天公本无意，寒暖系人间。
落地方一瞬，入诗得永年。

辛卯冬初雪

心事苍茫向冻云，沉吟面壁个中人。
经枫才唱秋山冷，遇友忽惊白发新。
学问泱泱竞拍马，图书滚滚卖论斤。
雪花何不如席卷，洗却尘霾复本真。

附 新诗十首

惊 蛰

一只带翅的小虫
蜷缩着移动
是蚊是蚁
模糊不清
女人皱皱眉头
男人说
惊蛰了
它报到春天的到来

一 叶

一叶知秋
是诗人的敏感
只有
金风冷爽
红枫燃透
累累硕果
才可以说
呵 秋天
秋后还有冬
冬离春尚远

过敏
是世人的通病
何须让时令提前
颠倒的季节
混淆的寒暖

后 悔

他在公园驻步
欣赏五禽戏
忽然
后悔人类的直立
假如
当初不行走站起
血就会平行流进大脑
就没有高血压的危机
如果四肢着地
就没有“五十肩”和
“网球肘”的忧虑
最终
这个人瘫倒床榻
迷朦中　他说
我要站起

泡 沫

哲人说
泡沫是本质的表现
水之不存，泡沫焉附
五光十彩的泡沫啊
把本质掩盖得严严实实
庆幸我们
生活在泡沫中
政治是社会的泡沫
思想是人类的泡沫
明星是百姓的泡沫
让泡沫更光彩夺目吧

望 月

“床前明月光”
是对月的向往
把美好的思念
系在弯弯月上
现代科技的箭
射碎了千年的梦想
没有生物和水
没有嫦娥玉兔
只是一片苍茫
想象

是思想的鸦片
幻影
是精神的食粮
如果
一切都如实实在在
那还不如
月的荒凉

对 话

古人说
天上有星星
可孩子从没见过它
古人说
地上有河流
可孩子问河是个啥
是路边的水洼
水管哗哗
太遥远了
真的好怕
我们似乎
不是他们的后代
是异类 破坏者 终结者 狂想家
我竟至不敢
不敢同他们对话

古崖

长城外 山脚下
面对古崖
凸凹不平 深浅有差
烟痕斑驳 惨淡小花
悠远处
发出一个声音
这是你们的家
震聋发愦
迷茫惊诧
我所居在那儿呢
数万一平米
全然现代化
向晚
转身归家
似跋涉千年万里
可我的心
挂在古崖

假象

遍处假象
习惯伪装
那
衣衫的变幻

眉眼的油彩
演练的招数
场面的堂皇
还有假发
证书 和名片
把彼此掩得紧紧
但
我们信仰和追求真实
把灵魂放飞出来吧
不怕阳光

自 我

我是谁
我在哪里
窥镜自照
忧郁 怀疑
褪化的形骸
远逝的美丽
也曾几度迷失
或被权威设计
但我
不是别人的影子
宁愿是我自己

没有

没有是什么
没有是
一种存在
一种有
那里有着“没有”
没有景物
就有空间
没有生物
就有旷野
一切皆无
就是心灵的宁静

C卷　山河记游

云 梯

百步云梯天外天，一程更胜一程艰。
绝峰幽谷无惊怕，大半人生险似山。

（2010秋）

又到三亚

三亚又称榆林港。十年间已经是第五次来访了。适逢金砖四国首脑会议和世界小姐选美大赛。

依稀还是那榆林，漫步长滩辨旧痕。
海以惊涛增气势，山凭草木长精神。
金砖首聚五洲雨，美女身描三点春。
多少风流堪驻久，明朝谁作领潮人！

（辛卯年谷雨）

过邯郸

车过临漳天欲明，黄粱咫尺梦难成。
官权有让钱赎滥，美女多由戏捧红。
股票腰包说贬扁，粮油价码看腾升。
迷魂于我招何处，不叹卢生叹众生。

（2009秋）

辛卯秋怀柔三则

喇叭沟门

烟雨半沟青满门，轻寒沙路浥清芬。
小溪足雨隐还现，蝉鸟期晴静复吟。
乔木直腰宁落叶，草花枯槁为留根。
皆言原始深幽好，更爱云松孤不群。

慕田峪

新还旧矣旧还新，寻觅当时那块云。
一派初秋犹带夏，几家故物竞描春。
未曾关隘阻胡马，何处桃源安草民！
抛却积年浮滥调，关山应许另弹琴。

怀北行

暂息长城侧，舟车入翠微。
新亭倚水立，孤雁背人飞。
寺老竹林密，佛穷僧贾肥。
尘心皆未净，三日已思归。

阳春凌霄岩组诗

（一）石笋

一洞深藏万古幽，千姿百态竞风流。
炎凉世态全不管，默默垂滴长石头。

（二）晒鱼网

望洋兴叹篓空空，谁使河湖泛腐腥！
当日曾经翁晒网，今番鱼网晒渔翁。

（三）金箍棒

当年大圣欲齐天，八面威风花果山；
铁棒金箍今生锈，只缘行者已当官。

2009年

山城登高

穿掠数街灯，攀援上九重。
众山不须览，独仰一天星。

雁北行组诗

到大同

绝代云窟百代风，平城喜见绿葱茏。
惠民益己堪真爱，和且不同乃大同[①]。

2009年夏

【注】

① “乃”字，推敲甚久。设想过“为”“方”“实”等，终还是“乃”字准确，不计孤平。

应县木塔

雕痕千载辨朦胧，尚有木工漆匠名。
盖世工程君细品，英雄奴隶共襄成。

木塔倾斜

微倾特立泛祥光，摇曳风铃唱夕阳。
借问塔前双燕子，民生皇运孰绵长！

悬空寺

悬空一踏不心空，谁个当真能永恒！
破壁回头还面壁，莫如诗酒唱西风。

恩施采风记行

一剪梅·恩施采风

一路披云还带山。风也翩翩，雨也潸潸。车行渐入界三千。花看田边，茶品云端。　　华发童心又少年。井起微澜，歌动心弦。人生至味是陶然。酒漫诗船，人做诗仙。

2009年夏

梦境

人到无疆界，翩然若少年。
梦回唐盛世，得会李青莲。
酒月渔梁浅，凤歌儒道玄。
销魂当此境，不必望长安。

李家水井

重重李家院，百代几枯荣。
草色苔痕绿，云檐鸟影轻。
泉寒生古意，曲老唱新晴。
此水仍如镜，千年照浊清。

坪坝原始山林访别

车过巫山侧，云深松漠漠。
翠枝绽白雪，山洼燃厚朴[①]。
鸟声变密疏，杜若开且落。
溪流转屈伸，红绿复盈缩。
仰面辨线天，驻足惊洞壑。
峰共我浮沉，云与心错寞。
迎风知春冷，攀援觉背热。
十桥九带冰，趋步还瑟瑟！
冬长寒去晚，景物叹奇绝！
看山如读史，虚实多杂错。

坦平生怠倦，曲折增行色。
倚壁如会友，得与山斟酌。
事理如麻乱，片刻可解脱。
缠绵欲久留，红尘尚难舍。
短句酬知音，悠悠君共我！

【注】

① 厚朴，药材名，开在山腰，极艳。“朴”音bo，同“薄”。

浣溪沙·诗根

画里风光看似真，龙船古调遏云深。杂花为我洗征尘。
道是阳春生白雪，莫如下里作巴人。草根毕竟是诗根。

朱家角印象

禅座连茶座，风丝并雨丝。
余霞红到酒，荷色散成诗。
弱水三千巷，骚人几句词。
倏而新热土，羡煞弄潮儿！

赠释宏戒[1]

宏戒心无界，色空禅不空，
古今多少事，都入木鱼声。

【注】
① 宏戒为上海圆津禅院住持。

朱家角竹枝词组诗

游人行色

闻罢花香焚炷香，行踪何必太匆忙！
从来佛界在人界，总是朝阳胜夕阳。

贵妇烧香

披金戴玉甚光鲜，叩拜燃香施大钱。
奉子成婚全做了，反从佛祖问姻缘。

放生桥畔

慈悲怜悯品行高，地狱天堂一步遥。
鱼鳖几回捉来放，有人跳下放生桥！

泰国风情二则

风　情

南天暹罗界，酷热不知寒。
金佛三万塔，奇果有榴莲。
人妖千百媚，混淆雌雄间。
遂令阴阳乱，数女共一男。
最是芭塔雅，人欲漫海天。
万花争入眼，多见亦坦然。
忽地萧墙乱，黄衫复红衫。
前者占机场，后者冲论坛。
民者为生计，高层闹钱权。
佛界岂净土，斗争遍人寰。

2009年夏

浣溪沙·人妖

别样风情耀世间，千娇百媚胜婵娟。混沌非女既非男。　　来路难描万般苦，今宵能有几多甜。只须意会莫言传。

荥阳禹锡公园

陋室一铭百代光，竹枝新曲不凄凉。
中原故地杂花艳，凭吊刘郎是李郎。

铁岭印象

山野二人转，清秋格律诗。
大俗谐大雅，文事盛如斯！

2009年秋

新区人造山湖

骤起一山连一湖，“无中生有”构思殊。
官家政绩粮煤款，须问民心认可无！

【注】

铁岭新区以平地挖湖堆山而成，称为“无中生有”的创意，新建办公大厦尤为恢弘。但民间争议颇多。

到辽北清河[①]

自古重文还抑文，清河旧事感深深。
当年我若为儒子，也是天涯流放人。

【注】

① 清河，今为铁岭的一个区。清朝时代流放文人的地方——据说禁锢行动，保障生活。

榆林行组诗

临江仙·陕北行

塞上烽烟无觅处，新楼古堡分明。丘山迤逦复青青，秋风携律曲，吹醒老长城。　　遍野藏埋多少物，开挖地下深层。资源道是不重生。愚公和智叟，环保决输赢。

2010年8月

卖花声·走榆林

红峡石隐天之堑，大淖沙埋云外山。高台雄踞百重关。　　将军惊叹，文人艳羡。走榆林才刚一半。

听榆林散曲

三面黄河弯似弓，榆关日落晚霞红。
一腔散曲西风下，激荡高原真性情。

赠榆林诗社

塞上秋光炽，榆林诗阵雄。
骚坛成气候，总是藉西风。

榆林统万古城

诸侯皆欲统，胜者竟谁家？
十万平民骨，支离没草沙。
高台熄烽火，阡陌涨桑麻。
古木不知老，秋深还著花。

到唐山组诗

到唐山

通衢燕赵地，一带结京津。
乡韵淳于酒，秋光灿似金。
震墟竞怀旧，百业各出新。
舍我其谁也，唐山大写人。

谐　和

城乡四季皆成春，妙手协和天地人。
众口争夸风物好，我尤重者是精神。

曹妃甸

逐浪吹沙渤澥湾，新区古甸巧连环。
人工引水先清水，智力移山还种山。
朝野文章说世事，街头巷尾议钱权。
根基筑在民心上，不惧前程有险滩。

莫干山

攀援山压我，登顶我骑山。
人与山为友，陶然天地间。

（2010年10月1日）

题剑湖

魂归流水无迹，剑化青山有锋。
最是止戈为武，铸成百代英名。

桂花节住西湖

寒露桂花香染湖，江潮秋叶不同途。
婆留发迹钱商盛，武穆蒙冤剑气疏[①]。
山川已共年华改，人意犹然叹未足。
但喜满陇泉下冷，清茶儿语代诗书。

【注】
① 吴越王钱镠，小名婆留，出身贫苦，开发钱塘有功。

沁园春·高棉微笑

吴哥名列世界七大文明奇迹。在柬埔寨王国北部，其代表神像称为“高棉微笑”。

五百春秋，隐没林丛，举世无俦。倚石堆巨木，仙衣佛片，薰风残日，古意悠悠。画笔能描，迷踪难测，谁人为此说从头？远深处，似声声呐喊，搅动心头。　　高棉微笑何由？满目是哀鸿与徒囚。历沧桑战乱，火光刀影。文明历史，带血兜鍪。王者情豪，小民蚁命，形象工程遍五洲！仍须记，将民生国是，细细筹谋。

古田口占

古田会议我来迟，名入碑文业化诗。
倘若当年为赤佬，叛徒烈士又谁知！

永定土楼

土楼风物冠闽西，数度沧桑处处奇。
何必砂锅问到底，人间至味是存疑。

吴江怀南社先贤

山之灵秀水之魂，化作吴江士一群。
有的西方览经卷，有人东海探神针。
沧桑未许音容渺，磨洗更知文墨新。
天若无情天老否？九州花甲正当春！

垂虹桥口占

八百年前是此河，垂虹桥断漾新波。
小红白石应兴叹，十万今宵一曲歌。

【注】

是为姜白石“小红低唱我吹箫”处。

辛卯江南看雪图

北地干涸久，江南来看雪。
芊芊若霰丝，忽而大如蝶。
装点梅花枝，湿润元宵夜。
欲共雪花舞，转瞬芳踪灭。
雨雪悟人生，跌宕知寒热。
感念黄昏友，诗酒共云月。
明朝云起时，又伴春来也！

澳洲南行组歌

辛卯立夏，赴新西兰和澳大利亚访问。人文历史风物，与北半球迥异。

晨发京华暮南极，犹带香山半脚泥。
澳新是岛还是洲，百年迷茫问海鸥。
北溟有鹏云垂翼，南海有鱼可吞舟。
蹈海罗盘掣鲸手，此地无从朝北斗。
君不见
银河渺渺无穷已，地球微微一粒米。
当年库克[①]扬帆八万里，醉卧沙滩长不起。
原住族群抗英伦，至今仍为人下人。
英岛文士沙翁辈，不向澳新梦笔魂。
古今至奇是歌诗，经天纬地思无垠。
长吉诡谲呈异彩，太白飘逸无能改。

俱作飞天逍遥游，手把星辰足踏海。
嗟尔宇宙浩渺无还有，
入我浓浓淡淡一樽酒。

【注】

① 1788年英国船长库克发现新澳，称其为澳洲之父。

水调歌头·新西兰

奋翼冲天跃，直指新西兰。一路襟风带水，轻落地之端。两岛倚山踞海，万绿连云斗彩，异域辨人寰。昨日别春暖，今夕抱秋寒。　　攀雪岭，探幽洞，访庄园。呼朋引伴，白发童心又少年。北约人权轰炸，东隅惊涛核影，任尔闹轮番。老大当潇洒，谈笑走天边。

定时喷泉

在新西兰五彩湖，是为活动火山区。喷泉每天上午十时一刻喷发，十分准时。蒸腾冲天，蔚为奇观。

深藏地心处，收放自由之。
世事多失信，唯君最守时。

临江仙·到扬州

滚滚舟车淮左路，江天雨断云鸿。绿波濺濺浥邗城。莺声林苑绕，美女画中行。　烟柳荷桥明月瘦，几番成败功名。丹青弦管唱新晴。分茶论青史，把酒看潮生。

（辛卯夏）

元上都三则

骤起风雷震九陔，八荒俯首众关开。
一声号令亚欧动，此是中心大舞台。
月照上都光似银，长街漫步叹浮沉。
古今霸主知多少，成吉思汗第一人。
疆域煌煌称大元，如今不是那江山。
倘如成吉思汗在，一箭射穿英格兰。

（辛卯初秋）

陕南行诗草五则

辛卯秋，应史丰收生平展览邀请参加开幕活动。十一假期又去陕南安康、紫阳旅行，放舟汉江，诗草一束。

西行纪念

西行千里吊丰收，渭水东流万木秋。
君若有灵应一笑，人间天上两风流。

世博园林

西安世界花卉博览会，址在灞桥侧之河滩。为当年刘项鸿门宴故地。工程移植槐柳等大树，干伟而叶疏，人工痕迹明显。鸿门车马冷落，而世园游人如蚁，势也！

繁花万国汇三秦，灞上秋风槐柳新。
刘项当年行酒地，鸿门不看看迷津。

初到安康

安康，名称吉祥。汉水穿城，清冽丰沛，是南水北调之源头。但将来水行千里至北方京城，难免污染，专家与百姓共同担忧也。

秦岭穿行五彩云，汉江秋雨细纷纷。
劝君畅饮源头水，流到京华难保纯。

紫阳茶园

两江青翠润云根，草树清香薤露馨。
遥想清明新雨后，满山俱是采茶人。

放舟汉江

十月二日在紫阳县城，适逢余生辰。下午自紫阳城返安康，水路百公里，乘快艇一个半小时即到，犹如飞鱼。太白轻舟已过万重山，不过如此。

两山夹一水，千里汇于斯。
江面雨丝杳，天边云雁迟。
桑榆回望远，日暮欲何之！
山水偕吾醉，缠绵不忍离。

容县采风组诗（七则）

将军故里

此地有七十余名抗战将军，故里相邻，在沙田镇较为集中。

将军故里在乡村，屋宇俨然秋草深。
堂前旧壁描新墨，门外野花思故人。
自古英雄出草野，从来向背在民心。
漫山桔柚霞光染，一缕幽香记国魂。

都峤山步苏学士韵

多时不省是吾身，得与峤山为近邻。
世味城中殊淡淡，诗情郊野更深深。
谁言隐者绝烟火，毕竟佛仙皆自人。
碑刻模糊秋未老，笑谈后果与前因。

辛卯立冬

附苏轼：

送邵道士彦肃还都峤

乞得纷纷扰扰身，结茅都峤与仙邻。
少而寡欲颜常好，老不求名语益真。
许迈有妻还学道，陶潜无酒亦随人。
相随十日还归去，万劫清游结此因。

都峤山五律

峤山绝胜地，曲折几回萦。
莲向溪头绽，云从佛脚生。
仙桥寒叶瘦，古寺鸟音清。
苏子徜徉处，山诗皆不平。

秋山二题

（一）

曲折竹林水，飘浮云外山。
纷纷黄绿里，秋色不均摊。

（二）

多水可合流，两山不碰头。
谁人神妙笔，一抹便成秋。

经略台（和钟浪声元韵）

全国文物保护单位，唐朝元结任经略使建，现为明代原貌。其于二楼四柱悬空，而到了三楼，却以其支撑以上全部负重，平衡之巧令人叹服。

前贤经略起崇楼，此日繁华往日幽。
怀古谁穷千里目，归来我剩一身秋。
悬空树作擎天柱，照水人如独木舟。
阅尽沧桑诗寂寞，且从山海论沉浮。

题赠黑五类集团诗社

五类昔时遭人讥，今朝文苑树新旗。
此间佳作知多少，一粒芝麻一首诗。

九宫山闯王墓

辛亥深秋，赴湖北大冶金秋诗会。顺访九宫山，拜谒李自成墓。得七律及减字木兰花。

天低吴楚正苍茫，幻化龙蛇说闯王。
民苟能活谁造反，官持条法竞贪赃。
九尊九五难长久，大顺大明皆败殇。
多少英雄归草野，算来不朽是诗章。

减兰二则

（一）

九宫叠秀，翠减红消霜降后。
雾里云涛，铜鼓铮鸣响碧霄。[①]
寒烟紫幕，道是闯王归隐处。
化外三千，人在山头山在天。

（二）

吴头楚尾，云外岚光天际水。
足下罗霄，借问群峰谁最高？[②]
出奇竞秀，孤拗出格皆未救。
造化无私，偏向不平觅好诗。

【注】

① 山顶有景区名铜鼓包。

② 九宫山属罗霄山脉。

大冶铜坑二则

湖北大冶铜冶坑，为世界冶炼史源头，已有三千年以上历史了。

（一）

烽烟爝火渐消沉，溯史寻源此本真。
铸剑威服民万户，冶铜祭礼鼎千钧。
无边物欲嫌坑浅，有怨离歌咒井深。
寂寞雨丝秋色冷，野花数点血瘢痕。

（二）

三千岁月变浮沉，雨打铜坑未见新。
工匠悬空输汗血，官权到底敛金银。
由来德政标仁义，为甚公平总负民！
黄绿几番秋去也，留些感慨予诗人。

西湖口占

湖水无从辨旧新，兴衰几度几蒙尘。
苏堤上面垂丝柳，穿越千年绿到今。

赴中原作

春归梦

寒暖回环正此时，恼人节气是催诗。
拆分一段春归梦，系向家乡杨柳枝。

卜算子·初春

留意看春头，却见春之尾。画外鸳鸯结伴来，拨乱春江水。　一女静如兰，阿是谁家妹。立尽斜阳不忍归，独品春之味。

又到开封

铺展一幅画，湮埋七座城。
千年铁塔在，道是那东京。
权贵包公避，香莲底层轻。
天波杨府外，谈笑演刀兵。

墓 葬

一姓皇家几处坟，淘空国库又殃民。
无情最是洛阳铲，穿透深层辨伪真。

石 窟

千磨万击血瘢痕，塑得皇皇百丈身。
君富民穷千古事，游人指点到如今。

2012年3月26-30日（北京-河南）

大冶春行

大　冶

层林碧透一山孤，小住雷山窗对湖。
鼓乐经年烦之矣，蛙声此夜喜之乎。
枇杷疏密描新夏，铜草支离说炼炉。
借问谁家诗酒好，崎岖沙路向农夫。

土　酒

本土风情何处寻？溪桥竹径路深深。
琼浆玉液夸风雅，不及农家酒味醇。

鸡公山

冲天遗世立，千岭一鸡雄。
朝饮清溪水，暮餐松谷风。
牙旗升虎帐，钜野点秋兵。
胜败谁恒久，毛公问蒋公。

2013年

八桂歌诗

6月底，在宜州参加民歌大会，又南下到十万大山采风。

宜 州

锦绣宜州地，风流今接古。
民歌大舞台，育种花苗圃。
有句皆精妙，无乡不热土。
和谐天地人，我欲呼还鼓。

对 歌

谁个朝天唱，悠悠雨共风。
无心弯作水，随意竖为峰。
妹韵娇尤细，哥呼豪且雄。
忽而人不见，醉起晚霞红。

上思（县名，在桂南）

上思尚也水云乡，息我黄昏不老郎。
携得大山十万座，裁成诗句两三行。
中洋朗姆推新酒，阡陌农夫议稻粱。
来日还邀李杜辈，载诗载舞竞歌王。

诗情

走马经年类转蓬，行囊累累智囊空。
豪情雄起诗千丈，来会大山十万峰。

“五了歌”

山被白云拦住了，河在山村弯住了。
船被山歌牵住了，脚被青藤缠住了。
心和阿妹连上了。

棋盘山三则

雾中进山，只闻泉声而不见泉影。但境界独绝。

云中参暮色，脚下起泉声。
雾重不相见，尘心洗已清。

7月21日

棋盘

天地一盘棋，人人可对局。
输赢等闲事，公道不须疑。

致文学兄

李文学为吾北大校友，中文系63级，高中同学。同学少年时曾多次见面。相别已经40年了。

棋盘山上白云深，四十年来又见君。
多少风华成旧梦，难能不改是真淳！

河西走廊组诗

西 风

黄河出没彩云中，大漠长天落日雄。
华夏正须凛冽气，西风切莫象春风。

浣溪沙·兰州

一水冲山两壁空，两山夹水水流东。依山傍水筑金城。　塞上烽烟归往史，人家笑语入街灯。百年计议是民生。

题兰州拉面

龙飞凤舞好身姿，一个面团万缕丝。
联想采风若抻面，拉拉扯扯便成诗。

西　行

大漠长廊一望中，追星赶月满西风。
胡笳落日燕支秀，汗马腾云血火红。
无以家为思去病，报之国也念唐僧。
沧桑不废民生息，霸业非徒仗武功。

黄　河

星宿下云层，携风万里行。
润滋山野秀，咆哮大潮雄。
堤坝生歧路，荷桥复性情。
婉豪皆本色，莫论浊还清。

嘉峪关

蜿蜒明灭断还连，壁垒千秋似牧栏。
一片白云封不住，几支胡虏度阴山。
牧羊有后怜苏武，裹革无尸叹马援！
嘉峪关头烽火息，新城旧史两重勘。

甘州明代粮仓

甘州古地记沧桑，隐在楼群小地方。
土木无华真国宝，民生至重是粮仓。

八声甘州·之河西甘州 （外一首）

把一支玉笛走阳关，金风下凉州。见秦时明月，汉家酒井，西夏残楼。昔日羌戈胡马，云影未淹留。新起丹霞阵，艳压城头。　　不似前番梦境。则斜阳巷陌，浅喜深忧。对星移物换，思绪迥难收。叹耆卿[1]，游踪未至，弄几回、舞榭啭歌喉。谁知我，漫斟低唱，醉卧沙秋。

8月3日-8月10日

【注】

① 柳永字耆卿。宋廷疆域止于河西。故柳永虽以“八声甘州”著，却不曾到过。

[中吕]上小楼·草原煮马

应邀作客草原某县，名马产地也。主人杀马娃子（不满一周之小马）以待。问之，以时代变迁、马匹无用对。吾怅然。

奇香十里，锅煮春驹。水草失期，耕战无须，伯乐休提。关羽刀，诸葛谋，皆为游戏。通通地不关社稷。

张掖湿地

一川烟雨细如丝，张掖稻香瓜熟时。
芦荻连天黑水碧，此间湿地好为诗。

丹霞地貌

沙洲苇荡几惊嗟，更有奇峰在后崖。
疑是女娲补天物，藏之秘地作烟霞。

酒泉风电

一场西风刮一年，扫除尘雾洗晴天。
莫言戈壁收成少，不长庄稼只长钱。

踏莎行·敦煌印象

坡上鸣沙，莫高壁画，天工人力皆潇洒。当年落日照孤烟，而今齐聚拜菩萨。　　弯月如诗，云头似马，秋光有价拟无价。慈航到处指迷津，谁须共我扁舟驾！

党河（在莫高窟脚下）

遥忆当年鱼水歌，于今枯竭乱石窝。
十年土脉行流尽，问讯村民曰党河。

阳关生态园

大漠孤烟千古传，至今已觉不新鲜。
丹心润染沙如碧，重写阳关地与天。

黄河谣

云之高也水之深，华夏族群信有根。
一个母亲十亿口，新来更叹不平均。

万类生天地，一球悬太空。
四时干气象，总是借西风。

河　水

从天而降不须惊，杂错人声和水声。
无可龙王少为雨，奈何库坝几回清。
西山黄日迷沙帐，东土秧苗计水程。
一母同胞多少口，忧民忧国是真情。

又到北戴河四首

观 海

十年我未来，河海忽偏老。
虾蟹渺无踪，浪间绝鸥鸟。
霾深日月昏，霞雾埋秋草。
回首感沧桑，杞人觉悟早。
天人失谐和，世界怎得了！

问 鱼

钓叟船帆一望无，依然海味遍街衢。
滥竽充数寻常见，敢问明朝可有鱼！

大悲寺

山海关头访大悲，祥云庙宇绕香灰。
黎民苦难皇家死，我佛安知保佑谁！

山海关

姜女歌哭云水间，筑之不易补尤难。
几支飞鸟来回过，一片浮云内外摊。
不信秦皇拒胡马，谁知三桂为陈圆！

辽东秋词 七首

纪辽东 （半阕）

倚山镇海踞黑龙，何必筑长城！千秋变乱起东北，辽宁国便宁。

到辽阳

白塔秋江映碧空，八千云月认归鸿。
燕丹匿迹桃花冷，清祖扬鞭渤海雄。
一自硝烟入关口，几回兴废系辽东。
英豪去后干戈息，创业还须唱大风。

广佑寺

寺在辽阳，为东北第一寺，极其恢弘。百年前毁于俄军之火，现已重修。

俨然宇殿气萧森，坐卧堂皇皆至尊。
大难来时归一炬，不知广佑佑谁人！

雷锋二则·雷锋纪念馆在辽阳弓长岭区

（一）

不负金秋似火红，新城古堡走辽东。
有缘更渡桃花水，来拜雷锋又一峰。

（二）

常忆当年子弟兵，辽阳处处说雷锋。
何时人脑生金锈，只认官权不作丁。

高句丽古城

秋江渡口水流西，古堡残垣草不齐。
铁马金戈出井底，豆棚瓜架隐花蹊。
诗人哼唱二人转，野老述说船网鱼。
百变沧桑谁可记，夕阳啼鸟小毛驴。

戏题何鹤唱歌

山头何鹤唱，坡下两驴鸣。
四海多诗友，知音在辽东。

西藏吟草八章

雪域高原

高原雪域望穹涯，造物人文气万华。
一统舆图忽必烈，九通佛派八思巴。
千年攘攘无歧路，四海融融此是家。
最喜羊卓湖似镜，秋来倒影格桑花。

仰望禅寺

仰望禅师扎布伦，卿云绕绕我沉吟。
古来将相真无种，诸路佛神皆自人。
几个小民成气候，一帮贵胄堕藩溷。
雪山流下冰清水，洗荡谜团还本真。

文成公主

一自孤身到拉萨，丝衣蚕茧念桑麻。
长安回首无归路，雪域低眉此是家。
街市深深马奶酒，毡房滚滚酥油茶。
风流佳话千秋史，霞染云峰当是她！

致某名人

自诩已非中国人，飘流域外苦逡巡。
善缘曾结僧和众，滥调新迷本与真。
魔道相间一页纸，浮沉不过半层云。
山高水渺无疑路，堪破迷津是醒魂。

老藏民

千年拜佛祖，世代是农奴。
云起羊群密，江流雪寺孤。
前秋还故地，今夏筑新庐。
喜送儿孙辈，出国去念书。

女歌手

楚楚牧民女，蛮腰氆氇裙。
一声天籁起，万界静无音。
谷翠白云厚，峰高积雪深。
千金招不去，只为守真纯。

某藏獒

仰首朝天啸，声声震大江。
雄风当虎豹，锐利胜狐狼。
身价如金价，商场似战场。
盛名播海内，难舍是家乡。

疆 土

立马高原气若何？幅员广阔子民多。
莫言千里江河岭，一片白云不许割。

印度·果阿行

临江仙·西行印度

东土西天八万里，乱山断水分云。夕阳如火照斯邻。佛门根祖地，一样是凡尘[①]。　　忆昔取经多趣事，唐僧猪马猢狲。远来和尚易成神。沧桑百变了，还唱旧经文。

2012年8月30日-9月9日

【注】

① 印度和尼泊尔为佛教发源地，但佛教基本被摒弃。普遍信奉印度教，佛教信众仅为0.8%。

浣溪沙·德里

乞讨笙歌胜种田，纱巾赤脚不知寒。牛猴车马路悠然[①]。　　棚户连翩识门瘼，崇楼杂错辨官权。人间合是两重天。

【注】

① 三轮车自行车行人皆可上高速公路。还有牛队猴群，大摇大摆，悠然自得，而速度可知。

果 阿

茫茫山海两无端，浪拍果阿万事闲。
小住林深浓密处，一天访问数千年。

沁园春·果阿

雨幕风屏，洒洒停停，止止行行。看星棋布列，南新北老，杂花错落，河桥纵横。战火留痕，神堂断壁，百代烟波动未宁。弹丸地，系五洲战事，万国征蓬。　强权更替纷争。惜功过是非解不清。彼西欧鼠小，东亚象大[①]，佛家无欲，基督多情。炮火何兴，征伐谁起，福祇几回佑众生！天不语，任云飞霞卷，市井潮声。

【注】

① 果阿岛在印度半岛西侧，临阿拉伯海。葡萄牙殖民占据五百年。1961年印度强力收回。

刘邦项羽故地行

壬辰秋，到河南永城及安徽灵璧，当年刘邦起家及项羽终结之地也。访芒砀山、虞姬墓，皆有得。

芒砀山

芒砀逶迤秋渐深，当时刘季起微尘。
斩蛇一剑氓成圣，征战千旗汉代秦。
邻里茫然识衣锦，大风何处觅知音！
游人不解兴亡事，指看山间紫气云[①]。

【注】

① 传说吕后望见山中青云气，便知刘邦躲藏之处。

陈胜墓

山东怒火卷咸阳，刘项争锋汉更强。
记得当年富贵约，西邻配享有陈王。

菩萨蛮·虞姬墓三首

(一)

楚歌四面红妆促，英雄不肯乌江渡。一剑了西风，芳丘寂寞红。 兴亡关向背，莫道战之罪！辗转几沉浮，江山不姓刘①。

(二)

美人帐剑悲歌舞。楚歌垓下消西楚。百战会咸阳，只容一个王。 香魂归是处，似被干戈误。不必问乌江，乌江已断肠②。

(三)

英雄末路谁曾见，秋风骏马青霜剑。盖世气凌云，楚歌不忍闻。 乌江无觅处，剩有虞姬墓。何事最伤神，战争和美人！

【注】

① 项羽临终慨叹：天灭我，非战之罪也！

② 当年乌江，今已湮没难辨。

从启东向武当山

9月22-28日，连续参加毛泽东诗词年会和武当山诗词大赛活动，途经古隆中。间得钓鱼岛诗一则。

就钓鱼岛诗答逸明

钓鱼事件愤男儿，于此吾人难置词。
建国之初骨头硬，小康到了怎如泥！
八年抗战留遗训，两岸连横尚可期。
倭寇沉埋多预兆，神州兴复勿须疑。

隆 中

三顾遗踪终得顾，千秋功过已成秋。
万人仰诵隆中对，谁个于今堪与谋！

武当山

昨日曾观海，今朝来看山。
霞飞金殿角，心动白云边。
谁解玄深妙，宜为红绿蓝。
神仙皇帝事，揽月带诗还。

隋炀墓（在扬州）

壬辰初冬，在扬州开会，得谒隋炀帝杨广陵。墓在城郊之雷塘。夕阳西下，只有二女守护，闲织毛衣。客唯吾与友人王君者。草木荒凉，气氛幽冷，绝无他处皇陵游人踊跃，又正合陵墓之本意。隋炀为亡国之君。其雄心勃勃，急功近利，西和诸夷创万国博览会，东平辽东，南开运河，文弄辞藻，平心论之，是有为者也。王君对墓大呼三声“我来看你”；吾亦有诗相赠。

大业皇皇骤替兴，君臣民意不成城。
龙舟太重浮难起，终把维扬作广陵[①]。
草衰树冷墓凄凄，一对门人正织衣。
偌大陵园骚客二，倏忽兴亡入诗题。
雷塘秋草掩高丘，功过千秋如水流。
亡国皇陵阙财宝，洛阳神铲不曾偷。
寂寞高冢日月秋，斜阳草树忆龙舟。
运河不管兴亡事，依旧南来与北流。
风云长忆纪辽东，醉卧雷塘迥不同。
绕场三呼“来看你”，四围碑树阙无声。

【注】

① 据传杨广初至扬州地，以为广陵不吉，坚持改回扬州。

浣溪沙·运河与长城

南北东西漫打量，这河宽则那城长。是非功过两茫茫。
漕运千年输水米，雄关万里跑胡狼。小隋似比老秦强。

无锡鼋头渚

细雨霏霏冬似秋，湖山胜景聚鼋头。
掬来绿浪三千顷，欲洗迷津点点忧。
雾掩云帆失旧岸，亭披寒暑叹危楼。
何当明月当空碧，照我无涯不系舟。

惠山泥人

惯对人人笑脸迎，炎凉百变亦从容。
风雨冲刷浑不怕，无非归化本源中。

天下第二泉

平居深院自来歉，合是神州第二泉。
玉砌雕栏人指点，莫如自在唱深山。

壬辰宿州寿州行

壬辰年底，应东良先生邀，往宿州，访淮南，登寿县古城（楚国后期都城），谒大泽乡陈胜起义之涉故台，兼过台儿庄。细雨薄雾相伴，而游兴更浓也。

八公山

鹤立风声寂不闻，蔡钟楚鼎旧翻新[①]。
八公山下东流水，淘尽兴亡鉴古今。

【注】

① 寿县为国家文化历史名城，其博物馆多楚文化藏品。

登城楼

楚旗翻卷雨凄凄，城下寒砧漫捣衣。
门洞穿梭轮毂乱，千年成败碾成泥。

过淮河

汉王衣锦项王头，几度楚材作楚囚。
人物诗书付流水，偏留豆腐住千秋[①]。

【注】

① 传豆腐为淮南王刘安创制。

叹苻坚

谁道投鞭可断流，载舟过重便倾舟。
苻坚何处哭王猛，自古才人不自由。

涉故台

（在蕲县，为陈胜吴广起义处。）

大泽揭竿去不回，千秋民瘼积成堆。
村翁乐道陈吴事，豪吏贪官惧此台。

防城港行三则

到东兴

秋风送我到天边，山水烟波北部湾。
一片诗心何处系，夕阳西下小渔船。

防 城

地杰复人灵，诗书意纵横。
大山十万座，携海筑防城。

女口哨王

胜似歌喉四座惊，婷婷袅袅步轻盈。
九州遍布能吹者，唯有此声博掌声。

10月23日-28日

又到北海四则

一、银滩

中老霜叶秋渐老，粤桂云帆月欲圆。
多少温柔多少梦，随风随雨到天边。

二、红树林

南行千里觅知音，又见当初红树林。
我渐古稀君未老，秋冬共鉴岁寒心。

三、一剪梅

十载遥遥梦未删，浪吻沙滩，霞染天边。风清露冷月初圆。红绿缠绵，秋意阑珊。　　惯把炎凉作笑谈。闲话垆边，漫画官权。人生至味是清欢。诗酒花间，心慕云帆。

四、北海饮酒

天涯一壶酒，当月灿如银。
把盏浮云意，低头游子吟。
暗中香冽气，转向后山寻。
几簇小花朵，无言似故人。
妖娆趁冬发，风骨胜描春。
明日天涯路，翩翩两不群。

定窑及鹿泉诗

土门关

冲破尘霾千百重，鹿泉新雨土关风。
兵家征战烽烟寂，崛起诗词阵列雄。

学童诵诗

遥忆三军出井陉，甲光蔽日鸟哀鸣。
于今往事成诗史，没入学童吟颂声。

过故人居

往事归流水，才高不胜书。
楼群掩映处，道是故人居。

访老赵杏园

果农老赵，自写推销招牌，吾为之参谋，议改两字。

赤橙黄绿点林荫，酒好曾愁巷子深。
一个杏儿诗一首，招来燕赵采风人。

2013年5月25日

徐州诗草八章

徐州，古称彭城。刘邦故里，霸王之都，汉兴之地。历史文化名城，人文古迹丰富而面貌全新。六月中考察流连三日，得诗一组。

彭城曲

一曲大风吹彻秋，几回草莽变王侯。
夕阳西下波如血，拍打千年古渡头。

徐州诗墙

往昔兵家古战场，今朝百姓写沧桑。
诗墙连到天宫阙，辉映九州明月光。

歌风台

台在沛县，传为刘邦衣锦还乡豪歌大风之处。

汉兴秦灭俱匆匆，壮士焉能没泽中！
胜迹虽由后人筑，犹然感受大风雄。

二胡展览馆别调

罗致九州名家名器，为中国二胡博物馆，琳琅满目。独树一帜。

（一）

人生如戏伴歌讴，聚散悲欢俱有头。
并入殿堂无再响，元知独奏最风流。

（二）

笙歌弦管一园收，遥忆二泉吟月秋。
盛世名流多少辈，穷途阿炳占鳌头。

鹧鸪天·戏马台

戏马台，项羽为西楚霸王时，都彭城。于此演马、阅兵、饮宴，为其兴衰转折之地。

汴泗无言若不流，楚歌楚地楚王头。君臣反目血漂杵，兄弟相残烟水愁。　　谁戏马，几沉浮，天时地利拟人谋！斜阳草树秋风老，太息英雄不自由。

人　市

晨起，见河边聚立千百人，嘈切若市，而不见货物菜蔬。问之，乃“人市”也——即计日佣工，合则赴约，不成则罢。工值日百元左右。料想非穷困者不能如此。识者曰：人市，古已有之；而贫富之差，今甚于古。聊记之。

歌吹太平曲，人卖老桥头。
汴泗悄无语，依然浮覆舟。

兴化寺

8月23日-25日，又去讲学，拜会兴化寺果光大师得句。

地净何须扫，门空不用关[①]。
北雄南秀汇，气韵满龙山。

【注】
① 此为山门一联，极佳。

碑刻藏山老，佛光照地新。
禅房云不扰，谈笑却红尘。

张 良

徐州汴河边有张子房墓道碑

说项才难尽，依刘谋略多。
功成身即退，不听大风歌。

邢台山中组诗

到邢台

多少龙蛇付水流，山川依然耀邢州[①]。
千秋有梦弥华夏，一网无形乱地球。

情入飞泉当直泄，诗随峡谷探深幽。
难能尘世嚣嚣日，放浪吾心小自由。

【注】

① 刘秉忠，邢台人。是元世祖忽必烈的主要谋臣，谋划建元，修建元大都，制定典章制度。忽必烈重农桑、安百姓、融合中原文化以邢州为典型。刘秉忠有词云：“龙蛇一屈一还申，未信丧斯文。”可视为对元朝政治文化的总评。

天河山

两座青峰一片天，牛郎织女望千年。
神仙自古凡人造，胜景还须媒体传。
惯见新欢替旧爱，更凭豪富买婵娟。
山盟海誓归何处，幕后台前作戏谈。

宿山中

尘世争分秒，山中不纪年。
鸟喧人未醒，窗外水潺湲。

偶得句

此山为情开，此树为爱栽。
美景心中记，好诗留下来。

西夏组诗 六首

到银川

不耐京华住，骚人竞赴边。
荷香陇亩秀，水涌大河弯。
踏沙临万顷，探墓阅千年。
秦政无须避，但求空气鲜。

清平乐

君行何处？翠幕无重数。水洞沙湖夏王墓，浪卷黄河飞渡。　鱼荷枸杞秋红，花儿歌舞风情。大漠旗幡呐喊，如今不是刀兵。

西　夏

统统复分分，沙天布战云。
干戈谁做主，兴替不由人。
一夏荣西北，千秋泣鬼神。
赫然标李姓，不敢认宗亲！

王墓

当年谋霸业，死去起高坟。
浩气凌沙海，人文灿古今。
河弯滋地脉，雁阵遏青云。
但喜千年后，民生日日新。

功过

大漠漫无垠，阳关唱到今。
苍凉西北界，未必尽胡尘。
青史连陵老，黄河共稻新。
欲评功与过，且去问生民。

浣溪沙·和林峰先生

百曲千回势不休，羊皮筏子泝中流。夕阳炙烤老滩头。　　冷月还描千古色，晚霞才染一分秋。老来心境似沙鸥。

会稽禹王陵

绍兴禹王陵为全国重点文物保护单位。相传禹南下会诸侯之地并死葬于此。勾践即禹后裔。司马迁《史记》言之也。始建于晋，墓旁有姒氏家族绵衍一百四十余代守护不辍。而后世史家考证，禹活动范围不过中原，不可能渡过长江疏浚南水会盟诸侯。传说史实与故事杂错难辨。是民族之魂，不必细论也。

非但兰亭耀会稽，眼前陵庙共天齐。
涂山苍翠群山拱，禹井深幽众水揖。
守墓千年传姒姓，扬威四海衍华裔。
虽云神话偕书史，凿破鸿蒙信不疑。

癸巳秋青岛笔会六则

青岛参加金秋笔会，节气白露，适余生辰，回首诗路历程，已五十年矣，不觉感慨系之。至有游子无家之叹。

(一)

秋来即墨望云帆，信是天涯外有天。
几片霓霞随浪远，百年青鸟为谁还。
乡心常挂团圞月，酒盏新停霜鬓颜。
敢借崂山神道力，挟风越过紫荆关。

9月6日

（二）

一湾香墨海为邻，抱岛扬波显巨身。
蘸得三江五岭彩，争描百业十分春。
迥然物事翻新貌，依旧风淳似古人。
白露迎秋花正好，壶觞老酒唱诗魂。

（三）

水染三山碧，霞披万岭红。
欲携秋色去，城里不能容。

（四）

心挂天边月，诗描野草花。
念之断肠处，游子已无家。

（五）放言

人生理性几多时，天地知之我不知。
心血来潮几件事：战争饮酒爱情诗。

（六）无名花

疏疏三两茎，淡淡两三枝。
开落皆由我，管他知不知。

D卷 咏史辨材

秦皇故事

筑边常备胡，坑火禁群儒。
社稷得还失，长城有若无。
拥兵死蒙氏，奉诏葬扶苏。
兵马三千俑，聊能补史书。

成吉思汗

惊雁叫胡天，狂飙过莽原。
长河冰似铁，大漠马如烟。
带甲跨欧亚，恩威抚众贤。
欲知缺憾事，未及下江南。

民族姓氏

族系无纯种，五胡难细分。
长城关不住，百姓走游民。
汉使尝留后，唐皇更有亲。
吾宗是何李，缥缈问浮云。

韩信三题

（一）

莫道才奇人不知，勋功百战著华衣。
宁为将相冤屈死，不作乡间乞讨儿。

（二）

萧何知遇又如何？铁马金戈鏖战多。
兔死狗烹同乐殿，至今回响大风歌。

（三）

坐帐三军帅，屈身胯下人。
功成终授首，千古叹怀阴。

怀李广

一箭能穿虎，无言可媚君。
封侯何足论，向背在人心。

苏武事迹[1]

持节匈奴叹数奇，兄亡弟殁杳无知。
李陵规劝先啼泪，卫律威逼徒费辞。
水草丰盛大泽畔，胡妻柔顺洽欢时。
子卿北地留余脉，通国还朝擎汉旗。

【注】

① 此是还原了苏武的历史：匈奴并非青面獠牙，汉皇处置亦有不当。持节牧羊的苏武，在流放中受到照顾，并娶胡女生子，其中一子名“通国”，苏武暮年得到皇帝体恤，苏通国从匈奴归汉任官，此苏家一脉自然有匈奴血统。

（以上2011年秋夏）

南阳茅庐

南阳高卧日迟迟，天下合分未可期。
倘使阿瞒抢先顾，兴亡成败又谁知！

孙仲谋·南人诗词以孙仲谋为雄杰，误矣！

南人笔墨偏萧瑟，几把孙权作杰雄。
半壁江山不满百，奠基一统是曹公。

陶 潜

门前五柳气轩然，松菊拓荒入诗篇。
腰直亦须柴共米，清高不仅在桃源。

吊骆宾王

不管炎凉世，直声鸣到秋。
情依灵隐月，心系浙潮头。
敬业紫衣客，则天才俊囚。
千年诗未朽，舍此复何求！

三苏组诗

平顶山怀古

文坛最佳话，川豫共三苏。
蜀道峨眉雪，清心冰玉壶。
江河流古韵，草野念鸿儒。
平顶非平也，山山新画图。

郏城吊三苏

千古流觞赋并诗，郏城暮草日迟迟。
一门学士文情笃，三地父兄丘首奇。
已共华章垂百代，更无愁雾黯京师。
漫天风雨连花海，恨不相携唱盛时。

成都苏子故居

清溪绕碧庐，众口诵三苏。
百代多更替，诗门久不孤。

讽文物传承

文物精品，有人梦想子孙世代永保，诗以讽之

子子孙孙永保之，彼时至此几多时！
子孙流落千秋草，宝器转移三五痴。
数度精奇成历史，终归沉没胜说辞。
昙花又现闻人榜，悲喜绵绵无尽期。

书 生

莫凭膂力论豪雄，马上得之世未平。
几卷诗书天下计，古成大事是书生。

当代诗史

海若酒盅山似丸，九州风物此重勘。
长江不再拘南北，秦岭无从划暖寒。
难解才情夸谢絮，可怜英雄是孙权。
沁园一阕狂飙雨，洗却诗坛换了天。

韶山故居

虎踞龙盘势，山川大写人。
有瑕不掩玉，毕竟转乾坤。

2010冬在湘潭

建党九十周年诗束

嘉兴南湖诗

敢为天下先，是处启航帆。
驾得北风烈，星星火燎原。
漫漫长征路，悠悠九十年。
回看山与海，迥立万峰巅。
春月花如海，千山唱杜鹃。
时迁物候改，莫使负先贤。
覆旧翻新业，风流去不还。

官权皆在手，赶考破题难。
平湖一望收，指认辨潮头。
无改是斯水，依然浮覆舟。

2011秋冬

淮安周公故居

九州无墓茔，淮左有门庭。
青史翻新页，红歌忆旧容。
卧龙三顾义，翔宇两难情。
后继虽劳碌，谁能补姓名！

陈独秀

独秀一支天柱山，划开夜幕报晨寰。
英雄何必清如水，留得迷团待探研。

瞿秋白

瞿秋白临终遗言“多余的话”，结尾是：中国的豆腐真的很好吃。

三千余话不多余，清骨柔肠品性奇。
生死荣衰付流水，却言豆腐最相宜。

鲁 迅

有人说，假如鲁迅活着，或者不开口，或者坐监牢

泰岳鸿毛孰重轻，沧桑时世变英雄。
若将呐喊还如昨，不误秦城录姓名。

陈少敏

中央全会开除刘少奇党籍，只有一个女性——陈少敏没有举手。

红墙风雨乱旌旗，海啸山呼黜少奇。
独个女人不举手，其余一概是男儿。

人 海

人海茫茫大舞台，何从辨认愚和材！
若得伯乐能发现，自己当先站起来。

读思录

强秦亡楚楚亡秦，胜败兴亡又几轮。
善恶谁言皆有报，时常权制压民心。

访陇西李姓[①]

车向洮河认朔方，秋深夕照正苍茫。
出关老子游踪渺，射虎将军恨憾长[②]。
天下纷然忒多李，几人终久可称王！
由来贵姓真真假，莫以浮名误稻粱。

【注】

① 天下李姓，陇西为第一郡望；吾虽李氏，敬而不敢附攀也。

② 一说老子出关在临洮升天；李广是陇西李氏名将。

辛亥革命二则

辛亥革命

元戎振臂呼，烈士掷头颅。
旧垒千钧破，新局百战浮。
烽烟渐沉寂，功过不模糊。
专制根深厚，仍须共翦除。

失题偶记

干戈化玉帛，旧镜待新磨。
犹记揭竿日，千金一诺何！
有人权在手，脸变敛财多。
几曲清平调，难当国际歌。

与钟老谈史

战火硝烟漫帝京，长城万里骨堆成。
英雄成败黎民苦，历史车轮带血行。

盖棺难论定

是非功过一时间，雨打沙埋难尽删。
多少盖棺非定论，任凭刀笔和强权。

文安乾隆巡河碑

河北文安洼有乾隆巡河御碑。铭文有“叩谢尔莫亟，吾犹抱歉哉”之句，颇有所感，口占为诗。

九河汇聚水灾频，碑刻模糊意味深。
百姓莫施惶恐拜，君王自古愧于民。

常德诗人节感怀

桂花香里转南巡，逐月追秋沅水滨。
翠掩桃源三尺洞，霞披岳麓一肩云。
坊间偶卖贾生赋，江畔无闻屈子吟。
更筑诗墙避风雨，今生有幸做诗人。

菩萨蛮·项羽虞姬

八千子弟敌十面，后人偏唱虞姬剑。冷月照乌江，乌江欲断肠。　花开寂寞处，无泣亦无诉。天地最难容，居然是个“情”！

京剧林冲夜奔

堪叹高俅力道深，一球踢到御墙根。
男儿脸刻充军印，妻子胸怀必死心。
怒火烧天天欲破，长枪戳地地当沉。
英雄末路同归路，历史车轮带血痕。

再写林冲夜奔

痛之窃也爱之深，冤案奈何权有根。
半壁龙廷多寥落，满朝文武不同心。
百条好汉湖山没，几个谜团史海沉。
后续徽钦双北狩，囚车碾过旧轮痕。

蝶恋花·读聂绀弩咏《红楼梦》

一部红楼千个傻。木石鸳盟，去去如烟马。漫道有缘还无价，潇湘泣血西窗下。　　物是人非不肯罢。怕惹愁肠，偏说伤情话。贾雨村言俗胜雅，雪花片片凭天洒。

咏史诗自嘲

一统三分费琢磨，天时地利拟人和？
阿瞒大事生机变，诸葛关头冒险多。
试解风流千古案，拆翻史海几层波。
王侯成败渔樵曲，入我诗家破网罗。

蜀　汉

刘关张葛会南阳，天下三分征战忙。
一日无宁天府国，益州百姓念刘璋。

“尧舜天”

千秋溯史古难全，斗转星移又向前。
祸患连绵民众苦，吾人何羡尧舜天！

当代诗史

海若酒盅山似丸，九州风物此重勘。
长江不再拘南北，秦岭无从划暖寒。
难解才情夸谢絮，可怜英雄是孙权。
沁园一阕狂飙雨，洗却诗坛换了天。

人才史有感

君子知音少，人才悲剧多。
几波文字狱，淹没大风歌。

我与诗潮

诗潮起兮云飞扬，姹紫嫣红也战场。
我是新兵操旧械，任他古董与洋腔。

序张玉旺诗集

燕赵京畿地，杰灵今溯古。
潮白润嫩苗，沃野催新圃。
有士多风雅，无歌不热土。
诗坛添锦绣，我欲呼还鼓。

关于诗风答林之爰

林是我学生。功底深厚，词章幽婉，颇有易安之风。嘱其开阔视野。

(一)

人生谁不害相思，半是清醒半是痴。
蝶绕庄生多少梦，无须重作易安词！

(二)

雪里梅花识暖寒，莺飞草长等闲看。
生当四海风云会，不做冯谖抱剑弹。

清平乐·诗史

诗三百好，更有卿云[①]早。秦火炎炎烧未了，屈宋建安佼佼。　北南魏晋梁陈，诗词逐代出新。李杜堪师不仿，一心要写吾真。

【注】

① 《诗经》是我国最早的诗歌总集。但此前包括尧舜禹时代即有诗歌流传。相传“卿云烂兮，纠缦缦兮。日月光华，旦复旦兮”为舜所作。其实，诗歌应当和语言出现同时，那就更早了。

曲江说诗

西安城南曲江一带，大兴土木，焕然华彩，重现大唐气象。而历史不可复制，只能向前也。

曲江璀璨忆贞观，不是当年那块天。
李杜含情如告我，新人不写旧诗篇。

何为诗

夜半，敢峰老翁忽短信发问："何为诗？"抛开字典定义，率意答之曰：人间万象，胸中块垒，兴观群怨，感之为情，发之为诗。赞之为歌，悲之为哭。皆本性之释放、心灵之呐喊也！

友人问我何为诗，身在其中心自痴。
百感茫茫连广宇，为民歌哭是男儿。

（记于冬之五九）

论诗一组

诗之正变

诗词正变几千年，成败荣衰所以然。
继往开来莫疑路，全新装点此江山。

文随时代

唐宋诗词元曲令，风云际会势所成。
成才成事皆如此，人力莫同天力争。

诗 幸

歌罢秋风唱朔风，骚人皆在性情中。
国家不幸诗难幸，赋到新兴气更雄！

诗 魂

微风行水波痕远，细雨湿山春色匀。
姹紫嫣红等闲看，奇思创意是诗魂。

出 新

学而不舍夕阳时，童叟渔樵皆可师。
胸有真情思有翼，若无新意则无诗。

平 白

搜奇用典掉书袋，佶屈聱牙解不开。
细数流传千古句，皆从平白语中来。

同 在

生于当世长于斯，春潮看过趁秋时。
此身合与诗同在，一寸光阴一句诗！

诗词逢盛世

——我的诗词主张

诗词逢盛世，厚古更崇今。
旧韵归流水，新声适众人。
继承无派系，突破有遵循。
国粹添华彩，谐和万木春。

E卷 嘤鸣友声

满庭芳·呈刘征老师

吾与刘征老师为忘年知交，向其学诗已33年。手上尚珍藏刘老1977年春节关于写诗给我的信。某日向其展示原件，老人大惊。忆想当年，感慨系之。老师已逾八旬，而吾亦皤然花甲矣。今年新秋，以“满庭芳”呈上，老师旋即答之，俱肝胆之言也。

墨蘸三江，云携五岭，描画莲古新红。神游化外，万物结诗朋。背负长天垂翼，涛波涌，醉舞鲵鲸。拿云手，童心剑胆，未肯受牢笼！　　谁评，风韵史，宋唐歧径，豪婉分庭！赖先生勃发，变法霓虹。不欲称王偏是，高绝处，一树峥嵘。何孤也！粉丝书画，诗酒伴梅翁。

辛卯近重阳于西山云闲斋

【注】

传统评论以唐宋风格迥异，又以豪放、婉约分流苏辛白石易安之辈。其实不然！凡大家都是现实、浪漫兼有，豪放、婉约相济。梅翁更是推陈出新，变法高手。

附 刘征老师和词

满庭芳·答树喜

京国风尘，红楼编简，栖栖一个书生。百年歌哭，垂发白千茎。自笑泥涂曳尾，胡为慕，沧海骑鲸！天许我，诗为肝胆，万物俱生情。　　秋晴，开望眼，寒山霜木，大宇苍鹰。揽无边风物，挥洒纵横。岂暇关心豪婉，忽掷笔，石破天惊。欣然喜，杂花生树，新雨沃繁英。

东街旧院拜刘征老

（一）

东街旧府泛新光，三友寒温入话长。
百变风云诗墨里，杖藜观雨是刘郎！

（二）

书局变脸已经商，犹辨学堂并画堂。
往昔人文那些事，和风和雨入诗囊。

和钟家佐诗翁八十寿辰

文章老辣哲思新，我看诗翁可六旬。
往事如梦天地远，乡情胜酒故人亲。
由来将相多无种，还是平民更有神。
难得糊涂不计日，雪消未尽又逢春。

龙年步韵和诗友

鲲鹏举翼不知远，阅尽风光数万千。
多彩卿云翔北海，无声瑞雪护幽燕。
管他色界还空界，任尔龙年与狗年！
裁剪秋冬人未老，诗潮直上九重天。

致友人

元宵孤旅意蹉跎，贫富寒温兀自歌。
雨雪敲窗人不寐，问君何处月光多！

圣诞答友人

中洋节假各相凭，问底穷源似有形。
踏雪寻梅身落寞，飞天越海意升腾。
曾经歧路思幽径，是否繁华看底层。
欲唱京都阙弦管，清欢至味更谁能！

悼念张结老

余方从印度归，得张结老人逝世消息，不胜哀惋。张老为新闻界前辈，经历过战争烽火，亦曾为新华社驻外记者，文章诗词名著一时。为人温婉而思想犀利，诗文朴实有华。深可追念者也！

八十春秋卓不群，骑枪椽笔耀诗文。
太平世道诤言少，天为黎民哭此人。

吊李汝伦诗翁

去岁羊城两拜门，癯然风骨哲思深。
诗魂如剑冲牛斗，添得星空月一轮。

怀念耀廷（与吾合著《中国人才史纲》）

负笈京都去不回，几经风雨总相随。
歌台初试酒深浅，曲径始知花是非。
溯史无宗共删简，怜才有惑独徘徊。
此情长久成追忆，学有疑难我问谁！

2012年11月8日

冬雪和友人临江仙三章

（一）

一派茫茫北国，远天霁色分明。清风起处暮云轻。鸳盟心底在，何必论阴晴。　　雪是春之信息，已然越过长城。绵绵脉脉蕴青青，家山应未老，千里共嘤鸣。

（二）

问道相思多少泪，芳心一刻如冰。痴情那面是离情。翩翩谁起舞，孤客叹伶丁。　　白曰雪花如席大，于今袅袅停停。随风飘落我门庭。醉人君胜酒，酬唱晓烟轻。

（三）

骚客诗章争唱雪，谁人识得真形！冰莹总是六边星。难为雕刻手，啧啧叹天工。　　转瞬茫茫忽不见，无须探问行程。湿风润物杳无声。春归全系汝，荠麦看青青。

赠元瓷名家许明

不同产地不同时，茶酒博陵妙入瓷。
境外终非最精典，民间藏宝勿须疑。

赠博古斋主陈纪平二则

（一）

追风逐月雪弓刀，大漠关山朔气豪。
镶玉包金埋不住，宜从博古认辽朝。

（二）

博今稽古世绝伦，万浪淘沙始到金。
杂错声声堪洗耳，神闲气定看飞云。

致京生

唐京生，余之老友。发明家，有新型汽车等多项专利。三十年坚持不懈，在高干子弟中是凤毛麟角，难能可贵。

沧桑变幻乱纷纷，尚有挖山不止人。
多少英雄淘汰了，京生不老柱乾坤。

和逸明兄自嘲

难得糊涂不算迂，时时小酒佐新鱼。
几升禄米无须数，三尺草庐差可居。
交易钱权他蹈海，穿行街巷我骑车。
强梁骨相君勘透，体若龙蛇智逊驴。

（癸巳元宵）

附逸明兄

感事自嘲

读罢文章一念迂，以为治国若烹鱼。
高层未辍鸿门宴，弱势仍多陋巷居。
空有牢骚挥健笔，终无气力驾此车。
书生面对强梁吏，怀技方知颇似驴。

和郑欣淼会长“衙门”诗韵

冬寒未尽又春寒，重负千斤腰不弯。
新月琢磨旧模样，府衙刻画老容颜。
年华已铸诗书里，猛志常存云水间。
笔墨如山心似海，先生何日可安闲！

答振才学兄《“文革”诗词钩沉》赠书

梅振才先生，纽约诗词学会会长。北大俄语系1967年毕业。为吾学兄和诗友。其近作《“文革”诗词钩沉》（香港出版）一书见赠。此书广搜博征，别开蹊径，中有评介李树喜“文革”诗词的章节。感而以诗答之。

常忆燕园风雪姿，得书如见少年时。
多秋李树枝先老，渡海寒梅香愈奇。
青史连番胡乱抹，诗词依样有良知。
繁华万象迷人眼，水复山重路不疑。

2011年11月21日

附 梅振才兄和诗

读罢新诗忆旧时，燕园风物最多姿。
杂花生树今犹艳，一塔湖图分外奇。
报国无门漂彼岸，钩沉有幸结相知。
殷期来岁京华会，世事纷纭共析疑。

梅振才2011年11月28日于台北

附 李文学兄和诗

（文学兄，北大中文系1968年毕业，现为石家庄诗词学会会长）

老树犹存卓立姿，慨然意气似当时。
忧民忧国诗风峻，刺虐刺贪毫笔奇。
旧梦十年人未觉，狂歌一路我应知。
苍茫世事凭谁论，俚曲街谈料未疑。

2011年11月27日

答雍文华先生珠梅诗

玉树珠花韵自寒，经冬历夏不知年。
谷深林密无人识，好引诗家另眼看！

冬至赠占江兄

刘占江，实力派画家，我之挚友也。在王屋山进行书画创作和教学，蛰居十年。性情中人，超然脱俗。冬至，在方庄大清花酒店聚会，诗以赠之。时永忠在侧也。

十年不见君，君在王屋侧。
枫火济源红，花甲犹烁烁。
玄黄天地间，笔墨着奇色。

愚公莫移山，留与高士卧。
春树暮云情，当共书画乐。

读白鹿堂吟草

安庆老者朱继明《白鹿堂吟草》，纯熟有致多创意。其人无名，足见民间能者不容忽视也！

摘句寻章容易见，一枝独秀是春魂。
数篇白鹿堂吟草，不向权威让寸分。
世代名家非自许，从来公道在民心。
诗词勿以人尊贱，吹尽浮尘始到真。

和徐崇先主席

遥远山巅一树梅，真香那怕暴风吹。
扶摇直插九天外，不破云霄誓不回。

题张玉旺诗集

才写河边柳，又歌原上花。
春秋颜色好，烂漫入诗家。

序李汉荣诗集

天道酬勤笔更痴，崎岖之路展雄奇。
人生至味真如酒，经略风云好入诗。

题赠鄂文宣先生

北京古玩城鄂文宣先生，蒙古族，以经营瓷器为主，对元青花等研究鉴别精刻独到。为人豪爽洒脱，不拘框框，与吾为友。实言之，这些富有实践经验者比某些专家高明得多。以打油诗赠之。

且把图书置一旁，千瓷百态擅奇光。
任凭老鄂来评点，唬得专家没主张。

和亚平秀山五律

边色连秋起，天门为我开。
琴弦绕流水，诗韵叩苍台。
青史多删改，贤良谁尽才！
潮声并叹惜，都入秀山来。

附亚平原韵

浩荡秋风起，浮云一扫开。
登高餐秀色，曳杖叩苍台。
共进千杯酒，同倾八斗才。
林涛卷苍翠，滚滚入诗来。

致晓雨

琵琶奏到九重天，不为寻夫不为官。
几曲词章惊四座，一枝红叶冷秋山。
曾经威海难能水，除却农桑也是田。
暮雪时分听晓雨，乱弹至处是真禅。

【注】

晓雨，本名宋彩霞，《中华诗词》杂志编辑部主任，著名女诗人。

晓雨搬家诗

这间房换那间房，总是匆匆急就章。
新句剪裁归己有，月租涨落且无妨。
杜陵茅屋非家产，晓雨萍踪自主张。
莫道前程谜似海，梅花寂寞夜来香。

答友人关于“胸襟阔”

胸襟三尺阔如何？风刀霜剑为消磨。
官权娇纵黎民苦，肝胆之余气更多。

答李涛

李涛为著名曲家，原陕西榆林市委副书记，陕西诗词学会副会长。欲向吾学诗，极诚。是以答之。

昨日西风下榆林，激浊扬清还促春。
吾共涛君一卮酒，诗朋文友更知音。

致陈铎

同陈铎出差，谈起“话说长江”往事，对环境的江河日下深为叹惋。

月下清风少，江湖浊水多。
欲听沧海事，何处觅陈铎。

和东遨兄失眠而作

世间难得梦中寻，酒后微醺境界沉。
帮D王妃觅新婿，替K林顿解绯闻。
天堂地狱无歧路，鬼魅妖魔一样人。
老伴连呼不肯醒，那厢我是自由身！

附：熊东遨

失眠诗

一夜窗棂数到晨，讵知越数越精神。
可怜辗转成锅贴，难得迷糊与梦亲。
桃李小园思结果，国家大事想原因。
天明反被荆妻笑，偌个书生是杞人。

赠定窑陈文增先生

炉火真传卓不群，风梳雨洗定窑新。
涧前艳骨十三冢，笔下烟云八百春。
但许旧瓶装老酒，更将诗韵铸瓷魂。
大师将相皆无种，慨叹今人胜古人。

观和焕作品题赠

入定难来出定难，描摹剔刻逾千年。
柔情似水丹青手，妙在似犹不是间。

杨逸明 李树喜壬辰李杨唱和录三十首

杨诗：项羽墓

拔山一剑葬荒冈，千古谁来上炷香？
身首如碑断难复，悲愁似草剪还长。
君于垓下怜娇妾，我到坟前吊大王。
刘季成功何足道，后人都说是流氓。

李　和

英雄此去息荒冈，数朵秋花寂寞香。
独舞虞姬霜剑冷，悲嘶骏马瘦毛长。
纵然篝火烧秦阙，终许一人称汉王。
高祖还乡夸锦绣，可怜黔首是群氓。

李诗：杨贵妃墓

闻道东瀛渡太真，始疑冢土那钗裙。
美人未死吾宁信，抵罪由来有替身。

（杨点评：杨奶奶的遭遇都是李爷爷一手造成的！）

杨　和

这个坟茔不太真，也无香骨也无魂。
当年魔术何人演，转眼肥身变瘦身。

（以上3月12日）

杨诗：初春雨

乍暖还寒夜气清，恰宜无寐散烦缨。
小楼停泊烟云里，零距离听春雨声。

李　和

屡有沙尘气不清，更无流水濯长缨。
京都多日缺春雨，歌吹齐鸣两会声。

杨叠韵

恭逢盛会又时清，近水楼台先濯缨。
四海翻腾云不怒，依然莺燕送歌声。

李步韵

台上官权皆曰清，谁堪为国请长缨！
坐而论道寻常见，莫道雷声是雨声。

（以上3月13日）

关于治牙

杨原韵

唇未亡时齿也寒，裂痕频痛彻心肝。
求医均告无良策，一拔根除可久安。

李　和

牙痛由来难去根，修修补补费精神。
从今惧怕“三一五”，零件吾人已不真。

（以上3月14日）

关于3.15

杨　诗

假货琳琅满目鲜，忽悠之术妙超前。
已无精力全年打，只好维权定一天。

李　和

年年折腾不新鲜，陷井依然似往前。
朝野官民都弄假，纵然有法却无天。

杨　诗

神棒威风鬼魅惊，终教白骨现原形。
如今纵有孙行者，三打难除瘦肉精。

李　和

轮番打假不须惊，变幻无形亦有形。
细想如来属虚有，奈何白骨化成精。

李（赘言）

和诗打住下厨房，打量油盐酱醋姜。
管甚是真还是假，依然吃肉又喝汤。

杨诗（在毛氏红烧肉）

老歌红唱肉红烧，又见堂前巨手招。
不必灵魂斗私字，只须掏出你钱包。

李和（在北京饭馆）

老酒新歌脸发烧。味精色素各见招。
谁言吃饭轻松事，心恨账单手捂包。

李叠韵（挨宰）

一看账单怒火烧。店家竟敢使阴招。
掀翻桌子踢翻酒，老子做回黑老包。

（逸明批示：息怒息怒。树喜回复：一鸣一鸣！）

（以上3月16日）

杨诗：重读堂吉诃德

这般骑士已难寻。莫道传奇是笑林。
举世谁如吉克德，犹怀见义勇为心。

李　和

助人为乐不难寻。义胆侠肝在绿林。
公仆柔肠也若此，助儿出国好操心。

（以上3月17日）

李诗：昨沙尘 今转雪

昨：

江河欲断流，何水可浮舟！
拟作登楼望，沙尘落满头。

今：

昨夜沙尘暗，今晨飞雪来。
细看不是假，清冷望春回。

杨 和

三月起寒流，层冰欲冻舟。
百花都想问，青帝可昏头！
沙尘随意起，冰雪趁机来。
只怨春风懒，迟迟不肯回。

（以上3月18日）

李诗：晨起寄沪

去年近日浦江东，春水桃花带雨浓。
三月不知圆缺月，只缘身在雨丝中。

杨 和

未见天明日出东，层层雨作乱云浓。
新闻又报尘霾染，晨练不宜庭院中。

李诗：春分

阳光仅此一时均，财富官权谁肯分！
唯愿春山闲一角，停歇几片北漂云。

杨 和

天公原则本平均，春色阳光作等分。
只有世人难觉悟，不知神马是浮云。

杨诗：看球后戏作

球员教练请洋哥，代表中华能算么？
怪底国人争绿卡，官场也须外援多。

李 和

黑哥请罢请白哥，四海为家算什么！
亿万金元换洋酒，明朝更比此时多。

第四编　观潮诗论

略论诗词的时代精神

一、诗词当随时代

“笔墨当随时代”，一种文学艺术样式有无生命力，能否为大众接受，在于能否反映时代生活。诗词亦当如此。

早在1955年台湾诗人节，于右任老先生就说，诗词“一、发扬时代的精神，二、便利大众的欣赏。盖违乎时代者必被时代抛弃，远乎大众者必被大众冷落……此时之诗，非少数者悠闲之文艺，而应为大众立心立命之文艺。”如此“革命”的提法，曾经使我们某些文艺评论家惊谔。其实，诗词与时代、大众紧密相连，是一切开明的前瞻的文化工作者和诗人的共识和共同追求。一部文学史或诗词史，实际上也是在时代不断演进中适应时代的历史。

我们看到，在世纪交接的时代，作为传统文化精粹的中华诗词，经历复苏，走向复兴和初见繁荣。深厚的传统和丰富多彩的现实生活，令诗词展现出空前活力和时代精神。在创作题材和内容方面，国际国内大事、社会生活、个人经历、艰苦磨难、日常情趣、旅游咏物、田园风光、哲思感悟、朋友酬答、内心独白、相思爱情……纷纷入诗，各具风采。

近年来，每逢大事、节庆、纪念日都有大批诗作产生。在纪念香港回归诗词大赛中，贺苏老人“七月珠还日，百年雪耻时。老夫今有幸，不写示儿诗”的五绝，短短二十字，形象、深沉，集中而典型地反映了沧桑老人对香港回归的喜悦；

马凯同志在陪同温家宝总理日理万机的抗震工作中，写出诗歌数十首。其中“惊天地，泣鬼神，五州叹，四海钦。多难兴邦缘何在，临危万众共一心。顶天立地何为本，日月同辉大写人”的诗句，歌颂了中国人民的英雄气概；

令狐安的《维权曲》是这样写的：权柄握在手，方知执政难。建国近甲子，教训万万千。多少官僚变，重蹈旧权奸。狐鼠横行处，敛财不避嫌。沉湎钱与位，早忘甲申年。作为纪律检察方面的领导干部，深刻思考，大胆鞭斥，诗见情怀，难能可贵。

还有，大批反映农民和基层的诗作具有鲜明时代特征。吕子房的《浪淘沙·巴山背哥》写道：小子走巴山，踏遍渝川。背星背月背朝天。呵嗬一声忙拄地，仰首岩悬。　　日夜顶风寒，脚破鞋穿。为儿为母为家园。苦命二哥背不尽，背起人间。写小人物的环境艰窘和拼命生活，画面生动，跃然纸上，一呼一叹，动人心魄；

爱情是诗歌的永恒主题。红豆大奖赛一首获奖诗“南国春风路几千，骊歌声里柳含烟。夕阳一点如红豆，已把相思写满天。”形象、概括、洗炼，有很高的美学价值，为人所公认的佳句。

古代社会不可能涉足的失恋题材，在女青年吴菲笔下别有韵味：其《清平乐·失恋之后》是这样写的：“晓风吹送，回首些些痛。燕婉深盟终底用？不过槐安旧梦。城郊紫陌荒寒，因缘世界三千。扫取颓枝怨叶，烧成一个春天！”尤其是下半阙和结句，颇有新诗的意像和风格，且又是诗词的形式。其爱情观及其大胆表述，充满时代气息。

再如李申写《双枪老太塑像》：“远离战火久。事理乱成堆，老太双枪在，不知该打谁。”反映了时间推移、社会变迁中观念的碰撞和演变。亦庄亦谐！而一首《送儿出国》题材的五绝，更道出天下父母的心声：“叮咛千百遍，默默理征衣。天下爹娘愿，盼飞还盼归”……等等。

重要的是，诗人们没有放下批判谕讽的传统武器。

社会是在矛盾中行进的。任何昌明的社会，有光明也有黑暗、昏暗或不平。只有揭露、批评、消除阴暗因素，社会才能更健康前进。《中华诗词》的“刺玫瑰”专栏，就以专门发表讽刺诗博得各界好评。

一则《下马石》：独立皇陵侧，端居孔庙前。千官皆下马，一石冷无言；一则《读西游记》：一路西天遭劫灾，百般请得救兵来。神仙摆下玩猴阵，那个妖精没后台！或冷峻机警，或诙谐深刻，各有千秋。

咏史怀古题材也老树新花，多有收获。李树喜在其七律《苏武事迹》写道：

持节匈奴两鬓稀，兄亡弟殁各无知。李陵规劝先啼泪，卫律威逼徒费辞。水草丰盛大泽畔，胡妻柔顺洽欢时。子卿北地寻余脉，通国还朝擎汉旗。

这首七律，实际是追本穷源，矫正偏见，重描了苏武的史实：虽则不幸，亦非身处绝境；虽有刚毅，亦有柔情。苏武流放地贝加尔湖一带水草丰美，后期经常得到美酒等生活用品的馈赠；苏武与胡妇成婚生子，其子在苏武年迈时召回汉室为郎……匈奴亦非青面獠牙，汉庭多有处置失当，历史事件也是复杂的多面体。

此外，关于哲思和感悟心路历程的诗句，也时见光芒，如李申的偶得句：

人心曲曲弯弯水，世事重重复复山。情绪浓浓淡淡酒，收成雨雨风风年。

宋晓梧的《佛魔》：魔为偏执佛，佛是端正魔。细数千秋史，佛魔一纸隔！哲思，彻悟，于平白之间。

总之，孔夫子说的“兴观群怨”的功能于当代诗词都有表现，且更见广泛、深刻。由此表现了中华诗词的深伟的蕴力和活力。

二、支撑时代精神的三要素

构成诗词时代精神的要素，大略是三个方面：

一是相当的数量与质量。

当代诗词同历史上的诗词高峰相比，究竟怎么样呢？

首先，诗词尤其是词，以毛泽东为代表，呈现一大高峰。当代诗人聂绀弩、刘征等的创新与作品，庶几与过去的高峰比肩。一批具有新的意象、新的视角、新的语言、新的哲思的好诗词、诗句，如珠似玉。 如刘征《水调歌头·中秋赏月》“我谓月，且欢笑，勿神伤。管它阴晴圆缺，只当捉迷藏”的豁达奇语，《卜算子》：“且莫叹荆榛，毕竟多芳草。检点人间万古愁，一点丁丁小”的哲思、彻悟，等等，不一而足……

总之，对于当代诗词的基本估计是：数量，绝对超过以往；精品，亦有相当篇章。

当然，当代的大家、名家不及以往那样耀眼，精品的比例尚远不如唐宋。下大力气提高质量多出精品，是首要任务。

二是显著的特色优势。

精短，典雅，押韵，上口，便于记忆，易于流传，诗词原有的优势，在快节奏的当今环境中充分展现。更能契合社会氛围和大众需求，显示着蕴力、魅力、耐力。我们不妨做些比较。关于匈牙利诗人裴多菲的一首名篇，茅盾1923年译本是：

我一生最宝贵：恋爱与自由。为了恋爱的原故，生命可以舍去；

但为了自由的原故，我将欢欢喜喜地把恋爱舍去！

而殷夫1929年的译本是：

生命诚宝贵，爱情价更高，若为自由故，二者皆可抛。

同一作品，都是名家。由于形式不同，效果和社会影响显然不同。优势在诗词方面。

三是空前的社会支撑。

从实践论的角度看，大众的认同和流传，是检验文化艺术包括新诗旧诗重要乃至唯一的标准。

如果要问，当今，什么文化艺术形式离我们最近，接触最早？答案是诗词。以儿童普遍学习“鹅，鹅，鹅”和“床前明月光”为例，孩子的父母和祖父母、外祖父母等，无疑要对此有最简单和基本的接触。特别指出，随着社会成员文化水准的普遍提高，更多的人（全国以百万计）接触、了解和喜爱诗词并且提笔写作，这种认同和普及，使得诗词获得前所未有的社会支撑，具有广阔的复兴和繁荣前景。

三、诗词的社会环境与角色担当

诗词的流行或传诵，有赖于内在质量和外部环境的契合。

当今社会环境对诗词的影响表现为两重性，一方面，社会发展有利于诗词复兴；另一方面，文化的丰富多样约束和限制了诗词的独尊。

封建社会，诗词长期处于尊贵地位。科举考试必有诗词，清朝甚至明确由皇家钦定用韵。兼之诗词形式短小精悍，概括力强，有韵律，易传播，没有其他艺术形式与之匹敌、并列，使之成为独领风骚的艺术形式。

当今时代，文化艺术呈现多种样式，且平面媒体和电视广播以及网络的兴起，使得社会大众的文化需求有多项选择。在诸多文学形式中，诗词不再是文人必须掌握的，不是最时髦和最有视觉冲击力的。精品佳句不少，流行传唱不多。然而，经过分辨、思考发现，诗词能够融入社会而不被排斥，很可能出现新的繁荣和普及。虽然不再是独领风骚，但也是传统和现代谐和、风流独具的角色！

总之，与时俱进，继承创新，求正容变，众多社会成员参与，大批量较高水准的作品反映丰富多彩的时代生活，就是诗词的时代精神。

四、诗词面临新课题

时代与大众，普及与提高，继承与创新，复兴与复古，是当代诗词面临的主要课题。亦有误区和偏颇，作者以为突出者是两个方面：

一是脱离现实，盲目复古。

有一种主张，回避社会，远离大众，完全置身于个人天地，自我陶醉，对社会一概采取冷漠置疑排斥和批判态度；甚至提出“回到唐宋”的口号；

其实，历史上任何成功的复兴或复古都是改革，而不是倒退、回到原来。清代叶燮指出：“诗词正变几千年，盛衰之所以然。”诗词同其他文学艺术一样，不可能回到唐宋，不可能脱离现实生活。

有一种现象，故弄玄虚，生僻艰深。别人看不明白，自己说不清楚。

无疑，民众了解、广泛流传的当然是通俗晓畅的作品。艰难用典，佶屈聱牙，何从欣赏！“细数流传千古句，皆从平白语中来。”信然。

二是标语口号，世纪诗病。高潮泡沫。

当今时代，国泰民安，形势好，节庆多。有关节庆和纪念题材的诗，易将事件和政策术语入诗，易生豪言壮语，易搬用标语口号和套话，成为“伟大的空话”，姑且称作“盛世诗病”。政论可以如此，报告可以如此，外交辞令可以如此，但诗词则断不可以如此。毛泽东早就说过，“我们的要求则是政治和艺术的统一，内容和形式的统一，革命的政治内容和尽可能完美的艺术形式的统一。缺乏艺术性的艺术品，无论政治上怎样进步，也是没有力量的。”遗憾的是，当前这类作品较多，甚至包括一些大赛中获奖的作品。这种弊病应当尽量避免。

如何解决诗词较为突出和普遍的问题？从写作的角度看是：大处着眼，细部着手。以小见大，见微知著，方是功夫。这是古来诗人成功的要诀之一。

诗词的美妙和感染力得之于细节的描写。《诗经》“窈窕淑女，君子好逑”写爱情也；谢灵运“池塘生春草，园柳变鸣禽”写初春也；刘禹锡“朱鹊桥边野草花”“旧时王谢堂前燕”写变迁也；辛弃疾“七八个星天外，两三点雨山前”，写春夜也；毛泽东“弹洞前村壁”写现代战争也，“马蹄声碎，喇叭声咽”写行军也。尤其是孟郊的《游子吟》，以细线、寸草寄情，以“密密缝”写母爱，朴实真挚，深刻动人，千百年来为人们喜爱。

回看毛泽东的词作，小到《忆秦娥•娄山关》的“西风烈，长空雁叫霜晨月”，大到《沁园春・雪》，其中不曾有“革命”“红军”等政治词语，但其间包括着浓烈的革命和光明的内涵。是用艺术形象而不是用概念说话。就写诗而言，立意高、气魄大和具体描写非但不矛盾，反而是依赖于具体、鲜活的描写。

近来看到记某山村乒乓球台的七律　（作者是李栋恒中将）：

水泥台面带残冰，楚汉相分一草绳。陋拍锯磨粘贴就，瘪球烫复往来扔。露天时有风参战，入暮唯凭月作灯。莫笑抽拉姿不雅，兴如奥运各逞能。

细节，生动，风趣，高超！

又如，获建党九十周年大奖赛一等奖徐绪明的《鹧鸪天》：合是梅花清秀姿，生来不怕雪霜欺。一从亮相南湖后，九十年来放愈奇。 勤管理，莫松弛，务防虫蛀干和枝。植根大地春长驻，花俏花香无尽时。作品以梅花喻党，着力细节描绘，摆脱大话套话，得奖理所当然。

诚然，我们不排除豪言壮语和大气魄。而是要大得有理、适度，有奇思妙语。主要着力点是描细节，塑形象，用艺术的形象的语言写诗。

还需指出的是，诗词创作与其说具有理论的品格，不如说更具实践的品格。诗人成功的要义在实践。融入时代，重在磨练，终究还是以作品说话！

2011年晚秋　于京西云闲斋

《唐诗三百首》五言律绝的“出格”问题

五言诗尤其是五律和五绝，是近体诗中的重要部分，在唐代形成高潮。唐代诗人的创作环境是宽松的，无论政治思想还是艺术样式，有阔大的自由和发挥的空间。当然，作为文学艺术样式，亦有一定的格律遵循或约定俗成，即遵循五言律绝的基本格式，但又不将格律作为清规戒律一味墨守、而是有突破和创造。

《唐诗三百首》无疑是流传最广、影响最大的读本，其所选也相当精粹和具有代表性。《唐诗三百首》选五律凡80首，五绝共29首。阅读和分析其格律的使用包括变格、“出格”，对于了解唐代诗人创作的氛围、用律规范及突破，是一个典型而便捷的窗口。

经逐一分析统计，以清人王渔洋表述的、现今不少人秉承的《律诗正体》“正格”衡量，《唐诗三百首》五律和五绝，出律和破格的居然占到半数之多。

先看五律

对仗不稳不规范的通篇只有一个对仗的共29首，例如：

颔联未对为孤对的有：张九龄《望月怀远》中“情人怨遥夜，竟夕起相思”；沈佺期《杂诗》“可怜闺月里，长在汉家营。”杜甫“遥怜小儿女，未解忆长安”、“鸿雁几时到，江湖秋水多”；李白“为我一挥手，如听万壑松”；“此地一为别，孤篷万里征”也是颔联未对。其《夜泊牛渚怀古》：“牛渚西江夜，青天无片云，登高望秋月，空忆谢将军。余亦能高咏，斯人不可闻，明朝挂帆去，枫叶落纷纷。”此诗严格讲无一对偶。王维“流水如有意，暮禽相与还”；“自顾无长册，空知返旧林”；孟浩然“江山留胜迹，我辈复登临”，“欲寻芳草去，惜与故人违”；李益“别来沧海事，语罢暮天钟”；常建《破山寺后禅院》之名句“曲径通幽处，禅房花木深”；李商隐“落叶人何在，寒云路几层”；杜荀鹤“承恩不在貌，教妾若为容”皆是失对；张籍《没蕃故人》、僧皎然《寻陆鸿渐不遇》更是通篇无严一对。后者为：“移家虽带郭，野径入桑麻。近种篱边菊，秋来未著花。扣门无犬吠，欲去问西家，报道山中去，归来每日斜。”沈德潜在《唐诗别裁》中对此诗的评注是：“通首散语。存此以识标格”——肯定这种格式之外，赞赏之情，跃然纸上。

平仄失调的

沈佺期“谁能将旗鼓”，“将”“旗”二字，应有一仄；　杜甫“远送从此别”“此”应为平；孟浩然“八月湖水平”“湖水”平仄颠倒；（还有二月湖水清，家家春鸟鸣）其“人事有代谢”连四仄；　常建“山光悦鸟性，潭影空人心”是三平调对三仄尾；白居易“野火烧不尽”，“不”字应为平，等。

普遍三仄尾

三仄尾，是所见最多的出格方式。李白“蜀僧抱绿绮”为三仄尾。王维《送梓州李使君》“山中一夜雨”是三仄尾；王湾的“潮平两岸阔”，孟浩然的“风鸣两岸叶”“只应守寂寞”，韦应物的“浮云一别后”，刘眘虚“幽影每白日”，戴叔伦“天秋月又满”，司空曙的“平生自有分”，刘禹锡“凄凉蜀故伎”，李商隐的“肠断未忍扫”，马戴的“空园白露滴”，张乔的“蕃情似此水”，韦庄的“乡书不可寄”皆是， 而崔涂的“渐与骨肉远”，更是五仄相连了。

我们再看王维的代表作《终南别业》：“中岁颇好道，晚家南山陲，兴来每独往，胜事空自知，行到水穷处，坐看云起时，偶然值林叟，谈笑无还期。”此诗，二句平仄失调且三平；颔联失对，且三句是三仄尾；第四句平仄失调，末句又是三平。五律选王维9首，其中4首正体，5首变格；此外，《唐诗别裁》五绝收王维诗13首，其中5首正体，8首变格，处处精彩，可谓是变格的集大成者……

李白所敬重的孟浩然，更是三仄尾高手，据统计，《唐诗三百首》收孟浩然五律也是9首，只有《过故人庄》一首是正体，其余8首，皆非正格，三仄尾有三处。《唐诗别裁》五律卷选孟诗22首，其中三仄尾12首……

五言大家王、孟，出格多于正体。这是很值得思考的。

因得到“一字师”教而著名的齐己的“万木冻欲折，孤根暖独回。前村深雪里，昨夜一枝开”开头五仄，而郑谷只是把“数枝”改为“一枝”，而对五仄视而不见。说明在当时习惯和诗人观念中，三仄根本不是问题，而时代已经是晚唐和五代之间了。杜荀鹤（846-904）“承恩不在貌，教妾若为容”、韦庄（846-910）“乡书不可寄，秋雁又南回”和僧皎然的“访陆羽”三首，是《唐诗三百首》五律的压轴，一流水三仄，全非正体。

统计可见，80首五律，全部合于格式的35首；变格或出范的45首，超过半数。

再看五绝

五绝平仄不合和失粘等更为普遍，更为灵活。在29首中占16首。

五绝首篇是王维的《鹿柴》：“空山不见人，但闻人语响，返景入森林，复照青苔上”，失粘；《杂诗》“君自故乡来”押仄韵，也是通篇失粘；孟浩然的《春晓》也是如此。祖咏《终南望余雪》中“积雪浮云端”，是三平；杜甫的“江流石不转”是三仄尾；李白“美人卷珠帘，深坐颦蛾眉”，“珠”应仄，“帘”是平声，韵在十四盐，不应仄；李白唱响千古的“床前明月光”，粘对与平仄都不规范，但毫无不和谐、不顺畅之感；刘长卿的《弹琴》“静听松风寒”三平；金昌绪“打起黄莺儿”是三平；韦应物《秋夜寄邱员外》诗“怀君属秋夜，散步咏凉天，空山松子落。幽人应未眠。”中二句也是失粘；王建的名作《新嫁娘》“三日入厨下，洗手作羹汤，未谙姑食性，先遣小姑尝”平仄失调。柳宗元“千山鸟飞绝，万径人踪灭”更是特立独行，不计平仄。同样情况的还有贾岛的“松下问童子”。而脍炙人口的李商隐“向晚意不适”连续五仄。尤其是作为五绝的第一大家王维，其五绝诗几乎半数“出格”！

当然，人们或认为“五绝”中包括了“古绝”——它可不受平仄约束。但从沈德潜的《唐诗别裁》和蘅塘退士的《唐诗三百首》等选本可见，后人对于五绝的要求并非苛求，直至宋代范仲淹的“江上往来人，但爱鲈鱼美”和李清照的绝句“生当作人杰，死亦为鬼雄”等，皆是在律绝和古绝之间游刃，有相当的自由空间。

由此可见，诗的“出律”和“出格”是家常便饭，不足为奇，有时甚至有意为之。其实，作为行家里手，寻找一个完全符合格律的字词并不难，难在创意和真情。突破往往是合理和必要的，是不得已而为之。这种手法亦历来被肯定。例如，严羽评论李白“八句皆无对偶者”的“牛渚西江夜”是“文从字顺，音韵铿锵”（《沧浪诗话》），大加赞赏而毫无置疑。

另如五律颔联“遥怜小儿女，未解忆长安”“曲径通幽处，禅房花木深”“客睡何曾著，秋天不肯明”（杜甫“客夜诗”）等语义相近而对仗不严的情况，诗家谓之“十字格”，“如此者不可胜举”（宋•葛立方《韵语阳秋》）。虽然不是严对，评论家和诗人应当视为约定俗成，合乎规范，不应作问题提出。

至于三仄尾大量使用，更是多见不怪，更应视为规范定式，不作问题提出。

总之，唐人用律可总结为：一依律，合于基本格律；二出格，突破一般程式。

诗，不能没有格式约束，又不应全为平仄拘泥。苏轼“不喜剪裁以就声律”，袁枚说“忘韵，诗之适者”。实际上，突破意味着创造。每有突破，往往精彩。遍观“出格”诗作，皆是有理突破，各有佳句美词，足以流誉千秋。非但不应诟病，而是佳作楷模。

有人认为，这些变格诗是“杂体”，然而，在沈德潜和“三百首”的编者孙洙看来，这就是正格，是精品。他们把杂体堂而皇之地入“正册”，我们也只是希望现代人不把“杂体”入另册而已！人们应该欢迎杂体诗的繁盛。

另外一种说法是，唐代诗体不完备，正在发展，不知有何根据。其实，唐初的沈佺期、宋之问的律诗已经完备精密了，宋代叶圭在《海录碎事•文学》说：沈宋辈律诗，尤为精切；唐代诗人元稹《杜工部墓志铭序》说：沈宋之流，研炼精切，稳顺声势，号为律诗；明代徐师曾在其《文体明辨序》中完全重复和认可元稹的话，只是加了“唐兴”二字。怎么千年以后，我们的人却说唐诗不成熟呢？唐代近三百年历史，初、中、晚各百把年，一百年都没有成熟，我们的唐代诗人和诗作怎么就那么不长进呢！

一般认为，沈德潜编《唐诗别裁》（收诗1928首）是《唐诗三百首》的母本。沈德潜在五律卷首王绩《野望》注明说：“五言律前此失严者多。应以此章为首。”说五律以此作为规范的开始。但王绩首句就是“东皋薄暮望”三仄开头。沈德潜在批点王维的五绝时赞叹说：“诸咏声息臭味，迥出常格之外，任后人摹仿不到。”沈德潜的诗论是保守和复古的，但他却肯定和赞扬“出格”，并且在“凡例”中说：“然所谓法者，行所不得不行，止所不得不止。……若泥定此处应如何，彼处应如何，则死法矣！

兹于评释中偶示纪律，要不以一定之法绳之。试看天地间，水流自行，云生自起，何处更著得死法！”沈德潜尚不拘泥，后人何必固守“死法”！ 在诗律为八股禁锢的清代，《唐诗三百首》和《唐诗别裁》的编者如此选用和编排，可谓独具法眼。

《唐诗三百首》五律五绝的用律和出格，给后人的启示应当是：有所遵循，敢于创新，适当放宽，提倡新韵，以适应诗词的发展和时代的要求。

关于"出格"的补议

拙作《〈唐诗三百首〉五言律绝的"出格"问题》一文（载《中华诗词》2008年第五期）发表后，引起诗界的议论或争鸣，其中不少高明精切之论，令我受益。为深入研探，存异求同，兹就讨论中有关问题补述于下：

一、关于"出格"的概念。所谓"出格"，是在平仄对仗等方面超出了清人王渔洋表述的、现在广为沿用的《律诗正体》格式，包括平仄不合等拗体、三仄尾、三平调之类。以此逐一衡量，则《唐诗三百首》五言律诗和绝句半数以上变格"出格"，是无可置疑的。

二、我将"出格"标以引号，（下面文中不再加引号）是所谓的出格，合理的出格，亦即沈德潜所说"迴出常格之外"的出格，而不是非理性的出格。不管其对出格是否补救，我们对这种出格不持异议，主张不作问题提出，"持正知变"——是我文章的主旨所在。

三、王维和孟浩然是五言大家，无论从《唐诗别裁》或《唐诗三百首》所选，其作品确是半数出格。《唐诗别裁》五绝卷收王维诗13首，其中5首正体，8首有变格，例如："相送无高台，川原杳无极"（《临高台送黎拾遗》）；"人闲桂花落，夜静春山空。"（《鸟鸣涧》）；"乍向红莲波，复出青蒲飏（《鸬鹚堰》）；"看花满眼泪，不共楚王言"（《息夫人》）等，虽非正格，不妨精彩。

孟浩然，“三百首”收其五律亦是9首，除《过故人庄》外，其余8首皆非正格，仅三仄尾就有三处；《唐诗别裁》选孟诗五律22首，其中有三仄尾的12首，包括“吾爱太乙子，餐霞卧赤城”（《寻天台山》）；“隐居不可见，高论莫能酬”（《梅道士水亭》）；“崔徐迹未朽，千载揖清波”（《寻梅道士》）；“坐听白雪唱，翻入棹歌中”（《和李侍御渡松滋江》）“士有不得志，棲棲吴楚间”（《送友东归》）等等，音节协和，意韵幽美……孟浩然可谓“三仄尾”高手。

作为五言大家的王孟，其诗格屡出正体，这是很值得思考的。

四、关于拗和补，正如霍松林老所说，唐诗人未必补救，经常无补无救，甚至有意为之。补救之说，远不足以说明唐诗的变格和出格。后人往往是望文生义，甚至胶柱鼓瑟。

还有人认为，上述这些变格诗是“杂体”。然而，正是这些作品，千百年来广为流传，为人们喜爱。《唐诗别裁》的编者沈德潜和《唐诗三百首》的编者孙洙，堂而皇之地把所谓“杂体”列入“正册”，视为精品。这些篇章，颇有创意，别具光彩、丰富了唐诗的多样性，后之人应该把他们打入“另册”吗？

还应指出，杜甫诗中三仄尾对三平等或拗句屡见不鲜，“小雨夜复密，回风吹早秋”（《夜雨》）；“五载客蜀郡，一年居梓州”（《去蜀》）等。老杜“孤平”亦看到两例：《寄赠王十将军承俊》“将军胆气雄，臂悬两角弓”，和《玩月呈汉中王》“夜深露气清，江月满江城。浮客转危坐，归舟应独行。关山同一照，乌鹊自多惊。欲得淮王术，风吹晕已生。”之首句。显然，不是诗圣的平仄出了问题，而是出在后世之人的视野和观念上。

有一种说法是，唐代诗体尚非完备，正在发展。其实，律诗在唐初盛时的沈佺期、宋之问已经完备精密了，宋朝叶圭在《海录碎事•文学》说：“沈宋辈律诗，尤为精切”；唐代诗人元稹《杜工部墓志铭序》说：“沈宋之流，研炼精切，稳顺声势，号为律诗”；明代徐师曾在其《文体明辨序》中完全重复元稹的话，只是加了“唐兴”二字。从时间跨度看，变格、“出格”贯穿有唐一代。因“一字师”而著名的僧齐已，原作为：“万木冻欲折，孤根暖独回。前村深雪里，昨夜数枝开……”郑谷只是把“数枝”改为“一枝”，而对首句的五仄视而不见。说明在当时习惯和诗人观念中，三仄尾以至多仄尾根本不是问题，而时代已经是晚唐和五代之间了。逮至宋、明，陆游有“蓬莱定不远，正要一帆风”（泛瑞安江），甚至王士祯本人亦有“芦沟桥上望，落日风尘昏”（留别相送诸子）这样三平的句子。

五、霍老还告诉我们，由唐至明，没有人把近体诗的用律从理论上加以总结和约规。也不见平仄谱之类的著述流传，清人王士祯（王渔洋1634-1711）的《律诗定体》，首次按五七言“仄起不入韵”“仄起入韵”“平起不入韵”和“平起入韵”总结出八种样式。清人董文焕的《声调四谱图说》，更将拗救详细化了。

如何看待王渔洋一类“律诗正体”？

首先，《律诗定体》是一家之言，且在探索之中。其只是力图概括和说明唐以来近体诗用韵的大略情形，远不足以包容全部。《律诗定体》只有薄薄数页，且版本错落，出入甚多。《清诗话》的编辑者注明是来自“家塾旧抄本”。可见并非真正意义上的定体或律条。在诗韵问题上，赵执信曾求教于王士祯。王“律调有所受之”，却“终身不言所自。其以授人又不肯尽也”。王还提醒赵执信“子毋妄语人”（《谈龙录》）。当代学者郭绍虞认为：“王士祯进一步摸索钩稽，初具眉目，只因不敢看作定论，所以不以示人（郭绍虞：清诗话序言）。”

其次，对王论当时即有相当置疑。崔旭在《念堂诗话》中指出：“王阮亭之古诗平仄，赵秋谷（赵执信）之声调谱，不见以为秘诀，见之则无用。”为《清诗话》作序的严伟说得更径直：“清代诸诗话，或章句而诋之，或单辞而称之，或则妄为格律以诏后人。或则别辟蹊径自矜独得。其究也，设辨愈多，去古愈远。”其“妄为格律以诏后人”，显然指向王士祯。

清代翁方纲（1733-1818）说：“予来山东，亟与学人举渔洋论诗精诣，而其间有不得不剖析者。盖昔之推渔洋者太过，而今之讥渔洋者又太甚”（《清诗话》304页）。应该说，方纲的议论是比较公允的：即渔洋的体例有参考价值，但并非不易之论。不宜以后人之鞋套前人之脚。

总之，律诗须程式，出格亦多之。不救也精彩，律外有好诗。诗词这样的文学艺术样式，大众的认可程度和流传广度是最权威的检验标准。相当数量的“出格”名篇随着《唐诗三百首》广为流传，证明了其品位与生命力。了解和借鉴其中的经验，对于当今诗词的创作和研究，应该是题中应有之义。

霍松林·刘征·李树喜书简
——关于诗词的“持正知变”

李树喜致霍松林

尊敬的霍老：您好！

中秋常德诗会[①]，曾期当面求教未果。仰望之情，愈加切切。故致一书，乞恕冒昧。

我在光明日报工作20余年，退休后转至中华诗词学会，希望多有向您求教的机会。您的“诗词新论”的主张，是我认为当代诗词“持正知变”的纲领性文件，我于此亦有所思考。经检点《唐诗三百首》中五律、五绝，得出其半数“出格”并认为应当肯定而不应置疑的意见。相关文章在《光明日报》和《中华诗词》均已发表。主旨是：律诗有程式，出格亦多之。不救常精彩，律外有好诗。已引起一些争鸣。我认为这是好事，并认为诗词界应“持正知变”——文章、诗韵当随时代也。 附上的是已发表和将要发表的两篇关于“出格”的论文，请指教！

同时寄上我的一本诗集，其中自序和后面的“诗词絮语”，是我的基本主张；习作诗词也体现了“新韵为主，适当放宽”的追求。

知您百忙，以搅扰为憾！　　我想会有机会向您当面请教的。致

敬礼！

后学 李树喜

2008年9月22日

霍松林致李树喜

树喜先生：

您好！惠寄大著《诗词之树》及有关出格的论文都已通读，十分高兴。吾二人有不少相同处：属鸡，一同也；逃学逃会，二同也[②]；谈诗论词，不谋而合，三同也。能不高兴吗？

您以“持正知变”赞许我的“诗词新论”，真有知音之感。我认为，用“持正知变”概括您的论诗卓见，也是十分准确的。祝您在这方面继续开拓，作出贡献。您的诗词不乏佳作，例如“春归如燕子，最早到农家”，真精彩！　即颂

吟祺！

松林　08.10.3

【注】

① 2008年秋“华夏诗词奖”常德颁奖大会，霍老本拟出席。李事先与霍老电话约定，面谈“持正知变”问题。最后霍老没能与会。

② 李诗集中，有关于自己属鸡和“泡会难成真记者，逃学多是好学生”的句子。

刘征答李树喜（关于诗词出格）

树喜友：

诗很好，有历史的沧桑感……文章（指李树喜关于出格的文章）改得很好。我加了一段话，未仔细琢磨，谨供参考。视诗律为铁律，乃唐以后特别是明清科举影响所致。某些“冬哄先生”借以吓人。（出格）在唐诗中并非罕见，这固然与当时“近体诗”格律在形成的初期，尚未完全凝固有关。更重要的是，当时的大诗人吟诗以充分表情达意，创造意境为主，不斤斤于格律，绝不以词害义。唐诗中有大量合于格律的好诗，也有如上所述不尽合格律的好诗。此类诗并不因其失律而减色。由此可见唐大家对待格律“治大国如烹小鲜”的气度。当非常佩服三百首的选家，诗律已被科举弄得不得一丝或失的铁律时代，竟然有如此法眼……君文大有益于松绑。

……我正在搬迁中，再加上急着看诗选校样，甚觉苦。淮安（指诗教会）不去了。你前往，可多了解些诗教的信息。祝

吟安！

老征拜言　匆匆不二

2008年十一月七日

清四家诗论漫评

清代诗词创作不如唐宋，曲令不如元明，但诗词理论的作者和作品颇多。他们多以诗话形式，各抒己见，诸家争鸣，达到空前的繁盛。王士祯的神韵说，沈德潜的格调说，袁枚的性灵说以及翁方纲的肌理说，就是最具影响力的几大学派。

王士祯的神韵说。王士祯（1634—1711），清初杰出诗人。原名士禛，字子真、贻上，号阮亭，又号渔洋山人，人称王渔洋。他生于山东桓台县，常自称济南人。王士祯官运亨通，累迁至刑部尚书，受到康熙皇帝的恩宠。王又好学博才，长于鉴别书、画，是当时诗界领袖。其于创作之外，对诗词理论进行了较为深入的系统的探研。他提出的“律诗定体”，至今被认为是格律诗的基本范式。

在诗论方面，王士祯受到唐代司空图、宋代严羽的影响，重视兴寄和神趣，强调“味在酸咸之外”。继而强调风雅，他说：“为诗要先从风致入手，久之要造于平淡。”即做诗要先求有风致，经过一番营运，营造出悠然淡远、气格脱俗的境界，也就是他所提倡的神韵境界。王士祯在回答何谓“不着一字，尽得风流”时，极为称赞李白的“牛渚西江夜，青天无片云。登舟望秋月，空忆谢将军。余亦能高咏，斯人不可闻。明朝挂帆席，枫叶落纷纷”；孟浩然的“挂席几千里，名山都未逢。泊舟浔阳郭，始见香炉峰。常读远公传，永怀尘外踪。东林不可见，日暮空闻钟。”认为，至此境界，色相俱空，余韵悠悠，正如“羚羊挂角，无迹可求，画家所谓逸品是也”。这里提到的“不着一字，尽得风流”和“羚羊挂角，无迹可求”就成为神韵说的重要概念。意思是不可肤浅直白，又不可雕琢太过，“近之不浮，远之无尽，神到不可凑泊”，通俗讲就是不即不离，恰到好处，能令人回味无尽。神韵说强调做诗要注重韵味，强调弦外之音、味外之旨，也确实道出了诗词的本质特征。诗有神韵，也便是成功作品。

王士祯还归纳出律句平起仄起的几个程式，概括为“律诗定体”，并加以阐释。据王本人讲，当时只是探讨，不敢说是不易之论。只是后来其门生推崇，社会风气渐渐守旧，一些人才奉为圭臬，排斥其他。应当说，“律诗定体”的初衷并非划地为牢、拘于定式、不可变通，从他推崇李白那首全无对仗的五律，并写过“芦沟桥上望，落日风尘昏”《留别相送诸子》这样三平的句子来看，说他诗论保守是不准确的。

沈德潜的格调说。沈德潜（1673～1769）字确士，号归愚，长洲（今江苏苏州）人，清代诗人。乾隆元年（1736）荐举博学鸿词科，乾隆四年（1739）成进士，曾任内阁学士。乾隆皇帝对他优宠有加，是彼时诗坛领袖。沈德潜以正统自居，于诗主张尊崇孔夫子兴观群怨之说，追求温柔敦厚的儒雅诗风，其格调说受到明代提倡复古的李梦阳等前后七子影响。他说：“诗之为道，可以理性情，善伦物，感鬼神，社教邦国，应对诸侯，功用如此其重也。”（《说诗语》）什么是格调？格，品格和气格；调，声调和情调。体格声调属于外在，气格情调属于内在。格要高古，调要响亮。其实，在创作实践中，内在、外在并非泾渭分明，而是相互依存、渗透和影响。体格、声调正是气格、情调的外在表现。沈德潜不完全反对王士祯的神韵说，也认为冲和淡远之风是一种很高的境界，但认为冲淡只是诗之风格的一种。拓开眼界，雄浑高古才是诗之最高境界。冲和淡远讲究含蓄，雄浑高古讲究沉郁，实际都强调蕴藉而有言外之意。王士祯推尊王维、孟浩然，而沈德潜则推尊汉魏风骨和杜甫。因为从风格上看汉魏高古，而老杜沉雄。如从王国维的境界说的角度看，王士祯强调的是优美之境，而沈德潜推崇的是壮美之境。其区别是：优美之诗讲究优游从容，气韵清远冲淡，壮美之诗讲究沉重务实，气格高古雄浑。古人云："诗以气韵清高深渺者绝，以格力雅健雄豪者胜。"气韵一般来说偏于柔美，有清浊之分，而气格的概念偏于雄迈，有高卑之别。古人论诗经常有气清、气浊、格高、格卑之论，就是这个道理。为什么要尊古拟古？因为沈德潜认为体格、风格在盛唐已经全部具备，只有向最高水平的汉魏、盛唐学习，学习他们的格高调响，才能达到那种雄浑、高古、深沉的境界。这就有了回头看和师古的理由。怎样才能格调高响？沈德潜从古人作品中总结出一套具体的方法、规矩，即法度。他论七绝作法时谈到："七言绝句，以语近情遥，含吐不露为主。只眼前景口头语，而有弦外音味外味，使人神远，太白有焉。"这已经和王士祯的神韵说相近。再如他论歌行体创作时谈到："歌行起步，宜高唱入云，有黄河落天走东海之势。以下随手波折，随步换形，苍苍莽莽中自有灰线蛇踪，蛛丝蚂迹。使人眩其奇变，仍服其警严。至收结处，纡徐而来者，防其平衍，须作斗健语以止之。一往峭折者，防其气促，不妨作悠扬摇曳语以送之，不可以一格论。”这段言论较为详细、精辟地总结了歌行的作法，强调其间的变化。虽然不必处处拘泥，但确是参考之据和入门途径。如李白“君不见，黄河之水天上来”的起法，就是沈德潜所谓“起句高唱入云”之势的样板。

后之论者多以为沈德潜诗论偏于保守，实不尽然。沈德潜编辑《唐诗别裁》，于五万首唐诗中爬梳剔抉，分门别类，选定1928首，不但选诗客观、丰富多样，更注重作品的创意出新，并在序言和评点中阐发其主张。沈德潜在批点王维的五绝时赞叹说：“诸咏声息臭味，迥出常格之外，任后人摹仿不到。”沈德潜肯定和赞扬“出格”，并且在“凡例”中说：“然所谓法者，行所不得不行，止所不得不止……若泥定此处应如何，彼处应如何，则死法矣！兹于评释中偶示纪律，要不以一定之法绳之。试看天地间，水流自行，云生自起，何处更著得死法！”他又说：“诗贵性情，亦须论法。乱杂而无章，非法也。然所谓法者，行所不得不行，止所不得不止，而起伏照应、承接转换，自神明变化于其中。若泥定此处应如何，彼处应如何，不听意运法，转以意从法，则死法矣。试看天地间，水流云在，月到风来，何处著得死法？”从言论和实践看，他并非一味复古泥古者。

翁方纲的肌理说。学界一般认为，有清一代诗论主要是神韵、格调和性灵三大派别。实际上，翁方纲的肌理说亦影响不小，庶几可与之并称四家。

翁方纲（1733-1818），字正三，一字忠叙，号覃溪，晚号苏斋。直隶大兴（今北京大兴区）人，乾隆十七年进士，授编修。清代书法家、文学家、金石学家。翁方纲曾入王士祯学门。便有人认为“肌理”说是翁方纲对王士祯神韵说的肯定，也是为了张扬其师承。而实际上翁方纲的诗学、诗作风格与王士祯大相径庭。之所以提出新说就是要另立门户。翁方纲说过：“予来山东，亟与学人举渔洋论诗精诣，而其间有不得不剖析者。盖昔之推渔洋者太过，而今之讥渔洋者又太甚”，可见他是自居中庸，有别于神韵。（见《清诗话》中华书局版第304页）。翁主张的肌理说可用他的话概括：“为学必以考证为准，为诗必以肌理为准。”翁方纲称他的肌理说源于杜甫《丽人行》“肌理细腻骨肉匀”。他在《言志集序》中提出过纲领性见解：“在心为志，发言为诗”，诗“衷诸理而已”。首先，他强调“理”是诗应遵循和体现的内容，因为“理”是民、物、事境乃至声音律度等万事万物之根本；如同“渊泉时出”之有“文理”，“金玉声振”之有“条理”。总之，“理”是理念；“肌”则是载体，是其表现形式。据此，我们可以理解为精神内容和表现形式的统一。

翁氏提出肌理说有两个主要方面，其一是旨在补王士祯“神韵说”之阙，自以为比神韵说更前进了一步，更加完备。二是企图从“穷形尽变”着手匡正沈德潜“格调说”的空泛，三是与袁枚“性灵说”分庭抗礼，“欲因为扶持道教”（《石洲诗话》）翁方纲把自己打扮成了不偏不倚、持正全面的角色。

翁方纲注重对内在理念和外在形式相互关系的探讨，他引用杜甫“美人细意熨贴平，裁缝灭尽针线迹”并极为赞赏，引申为自己的学说佐证。他认为，诗要处理好文理细部，“肌理针线”，“分寸量黍尺”。“经营缔构”、谋篇布局要讲章法，有条不紊；他提出“前后接笋”的概念，意指诗的章法、句法的运用和变化。又提出“虚实单双”，意指遣词用字。翁氏对“肌理”还要求“细腻”，反对粗疏。他说“诗则至宋而益加细密，盖刻抉入里，实非唐人所能囿也”，即指文理刻划抉剔得细致。他还就如何“入手”“缩住”，如何蓄势、顿挫，何处用实事、用虚写等，作过细致的论述。这些属于写作技巧的小的方面的探讨，从诗学发展的角度有其积极的意义。由于翁长于史传考订和金石文字爬梳，其考据和尊古“皆贯彻洋溢其中。论者谓能以学为诗”。他又主张“必求诸古人”，这方面便与沈德潜相近，有复古倾向与形式主义之弊。因而被袁枚讥为“误把抄书当作诗”。

袁枚的性灵说。袁枚（1716-1798），字子才，钱塘（今杭州）人，世称随园先生。乾隆4年中进士，入翰林院，中任江南溧水等县知县，以后干脆辞官，绝迹仕途。乾隆年间创立性灵派，著述颇丰。诗话以《随园诗话》影响最大。袁枚公开反对当时盛行的沈德潜格调说。他从诗的源头《诗经》说起，在肯定“兴观群怨”的同时，对沈德潜的温柔敦厚之说提出非议。他说，“不学古人，法无一可。竟似古人，何处著我？”《礼记》一书，汉人所述，未必皆圣人之言。即如温柔敦厚四字，亦不过诗教之一端，不必篇篇如是。”（《答沈大宗伯论诗书》）他把诗人的真情、个性突出放在首位，对当时倾向于复古的格调派和翁方纲的肌理派，都指名批评，力求矫枉。袁枚的性灵，概括为“真情个性和诗才”，真情是首要条件，“诗人者，不失其赤子之心也”。他认为，古来好诗，都是性情为之，“自三百篇至今，都是性灵，不关堆垛”。

情发自性，就是个性，袁枚强烈主张个性的存在与张扬，“作诗，不可以无我。”“有人无我，是傀儡也。”以我为本，当然就不拘古人，不盲从权贵，重要的是“以出新意、去陈言为第一着”。如此，也就不必处处为格律束缚。袁枚对人的意识灵感等进行了深入的研究，一方面，性灵又是灵性，诗人在创作时会有灵感、高潮、神来之笔。创意和佳句，常常“尽日觅不得，有时还自来”。另一方面，主张性灵，就等同重视天性。尽量不要过度雕琢，斧凿痕迹，因为“天籁最妙”。第三，诗歌要生动有趣。板着面孔“专唱宫商大调，易生人厌”。袁枚在“随园诗话”中广泛引用大量优秀的别俱特色的诗作，不拘时代、流派、作者身份、性别，尤其是引用大量女性诗作，也表现出袁枚对正统敢于怀疑和挑战的精神。

袁枚剖析王士祯的神韵说，认为讲究神韵是不错的。但“羚羊挂角”，无迹可求，不过是诗中一格，只适用闲适的小题材。若是鸿篇巨制，就要“长江黄河般一泻千里”一般，慷慨激昂，黄钟大吕，只有所谓弦外之响就远远不够。总之，袁枚认为，神韵、格调等理论都有缺陷，某些地方甚至是荒谬胡言。

综上所述，袁枚性灵说的要义，就是做诗要有性情（个性）、有灵机（感悟）、有新意。平时要多研究古人，积累学问，而落笔时则提倡“有我”之真率精神，反对堆砌典故和处处模仿古人的形式主义。不可“抱杜韩以凌人，仿王孟以矜高”。要有感而发、贴近现实，要生动自然、清新有趣，即使语言通俗一些也无不可。袁枚自己也创作了不少作品，如：“凤岭高登演武台，排衙石上大风来。钱王英武康王弱，一样江山两样才。”“葛岭花开二月天，游人来往说神仙。老夫心与游人异，不羡神仙羡少年。”“莫唱当年长恨歌，人间亦自有银河。石壕村里夫妻别，泪比长生殿上多！”等等，或活泼，或深沉，或奇想，都与他出新的主张相彪炳。

神韵和格调两说，是典型的士大夫之论，主观或客观都符合了清前期王朝统治的需要，其要求下层清虚超脱，不需所为；对上层文人士大夫则要求遵循传统的孔孟礼义，忠于皇朝。翁方纲表白公允，实际是站在旧派立场上稍有改进。而袁枚则独树一帜，与他们分道扬镳。袁枚不愿湮灭个性，主动离开官场，追求个性和自由。公开批评和纠正神韵说、格调说以及翁方纲偏重保守的肌理说。故更接近文学艺术和诗学的本质，闪耀着战斗的光芒。

清代诗话诗论多矣，可谓“众说纷纭”。虽然各有侧重，有所异同，表述不一，但其实质都没有否定性情、技巧和创意，都没有离开诗词创作的基本规律和要领。他们互相关联，互有长短，都有成为一家之言的理由。其中，袁枚的性灵说，别开生面，为清代反拟古，反考据学派的先声；较之其他，更为全面和接近诗人和为诗的本真，值得肯定和借鉴的更多，故而实际影响最大。

咏史题材之我见

咏史是中华诗词的重要题材和门类。中国历代文人、诗家有大量篇章。古代大诗人几乎没有不涉及咏史的。咏史诗内容丰富甚至无所不包，有对历史发展时代变迁的感慨或总结，有对历史事件的认知和深化，有对反派人物的批判和讽刺，有的则拨乱反正，做翻案文章。

晋代左思的咏史八首就颇具光彩，唱出了“振衣千仞冈，濯足万里流”，高阔超迈。南朝的鲍照则“对案不能食，拔剑击柱长叹息”，回顾历史对比自身，发出“自古圣贤皆贫贱，何况我辈孤且直”感慨。咏史诗在唐朝出现新的繁盛，佳作叠出。章碣的“焚书坑”批判秦始皇焚书坑儒：“竹帛烟消帝业虚。关河空锁祖龙居。坑灰未冷山东乱，刘项原来不读书。”其间充满尖锐的讽刺，又阐发了成大事者未必读书人的道理，警策而深刻。关于项羽，杜牧认为他有东山再起的机会，“胜败兵家事不期，包羞忍耻是男儿。江东子弟多才俊，卷土重来未可知”，因而不该兵败自刎。李清照则赞美项羽的骨气，影射南宋王室：“生当做人杰，死亦为鬼雄。至今思项羽，不肯过江东。”郑板桥则指出项羽的失误：“辛安何苦坑秦卒，灞上焉能杀霸王！”最后只能是“玉帐深宵悲骏马，楚歌四面促红妆”的凄惨。毛泽东总结项羽失败的教训，提出“宜将胜勇追穷寇，不可沽名学霸王”，号召将革命进行到底。

在男女不平等的社会，西施、杨玉环这样的美女都曾背上女色误国的恶名。不少诗人为之不平，唐代罗隐《西施》就诘问道：“家国兴亡自有时。吴人何苦怨西施。西施若解倾吴国，越国亡来又是谁！”确实见解独特，无可反驳。

对于唐玄宗和杨贵妃的爱情悲剧，诗人也以新的视角评论并给杨玉环以深切的同情。李商隐的七律：“海外徒闻更九州，他生未卜此生休。空闻虎旅传宵柝，无复鸡人报晓筹。此日六军同驻马，当时七夕笑牵牛。如何四纪为天子，不及卢家有莫愁。”批评皇帝之尊，竟不能保护自己所爱的女人。郑畋的“马嵬坡”则为风流天子开拓：“玄宗回马杨妃死，云雨难忘日月新。终是圣明天子事，景阳宫井又何人。”意思是舍美人自保对于皇帝说来不足为怪，莫过责备，等等……

当代的诗词初现繁荣，题材门类基本齐全，惜咏史诗太少。作者认为，由于对史实的了解和认知的提高，人们更能够对以往的历史事件和人物做出更真实和科学的评价，厘清迷雾，矫正错误，接近真理。从这一角度，咏史诗最有可能成为超越以往的门类。作者于此进行了一些初步的探索，包括理论和创作两个方面。8年前，作者首次登上《中华诗词》的大雅之堂就是一组咏史诗8首，是经刘征老师过目推荐的。内容包括尧舜禅让、武王伐纣、太公钓鱼、姬昌敬贤、烽火诸侯等事件，刘邦、项羽、司马迁、王莽、曹操等人物。以后又发表了关于隋炀帝、武则天、李煜、包拯以及辛亥革命等的诗作。力求“据实出新”，言之有物。

近年来，作者有意识将读书、跑路和写诗结合，特别注重走出去进行实地的文史考察。2010年秋应邀访问内蒙，行前便再读了翦伯赞先生半个世纪前《内蒙访古》，学习和体味其对于民族、统一和边界等历史问题的思考。熟读其诗作，力争有所借鉴、探研和有所深化。着力写出了中蒙边界访古组诗，被刘征老师等专家评定是可喜的新的收获。大略有几个方面：

一、关于民族历史的传承

我国除汉族之外，其他兄弟民族鲜有完整文字记录的历史。他们的历史和传说往往混杂，常常融入民歌中得以表现。就是“诗史混歌吟”；对于蒙古族来说，他们是和汉族融合最好的民族。因此从元明之后，两个民族之间鲜有战事，和谐相处，对于稳固祖国北疆做出了突出贡献。

《中蒙边界》写道：“诗史混歌吟，民风共酒醇。辽原无限界，天际起浮云。战火东西散，族群南北分。干戈长止息，蒙汉两家亲。”

《长城内外》写道：“塞上秋来早，关河一月孤。烽烟散回纥，沙草没匈奴。但有安民策，何需常备胡！长城空废久，宜作导游图。”

关于我国历史上的民族姓氏，长期以来存在误区，受传统汉族中心观念的影响，往往把民族纷争看得过重、分得过细，有时把南北纷争看作民族之战，且立场多站在汉族正统或南方方面，把匈奴、契丹、蒙古、满族视为荒蛮的北番等。实际情况远非如此。中华民族混融渗透是基本走向，都是你中有我，我中有你。因此，我的《民族姓氏》写道：“族系无纯种，五胡难细分。长城关不住，百姓走游民。汉使尝留后，唐皇更有亲。 吾宗是何李，缥缈问浮云。”

作为历史学人，作者强调指出，汉族只是中华民族的一支或主干。在历史上，兄弟民族之间，少数民族与汉族之间，早就互相融通，血缘不断。一个民族部落的消逝，不是该族群灭绝而是融通于他族，以新名称、族群出现。历史上，自东汉窦宪击败匈奴后，匈奴在史书上不见踪影。原因是同化到后来的柔然、鲜卑、突厥、鞑靼蒙古族以至汉族。汉与匈奴的融合自先秦至汉，千年不断，以至“族系无纯种，五胡难细分”。例如，持节牧羊的汉使苏武，在流放中受到照顾，并娶胡女生子，其子名“通国”，苏武暮年得到皇帝体恤，其子苏通国被关照从匈奴归汉任官，此苏家一脉自然有匈奴血统；兵败投降的李陵在匈奴封王，其后亦是胡汉后裔；金日磾，本是匈奴俘虏，后被汉武帝重用为托孤大臣.大将军霍光以女妻其子，其后名为汉人，实为混血，等等。中华民族的血缘关系至亲至厚，繁衍流散，千缕万脉，密切难分。隋朝皇家杨氏和李唐皇帝都有少数民族血统。这是历史的走向和基本趋势。作者以史家见识和诗人语言描写“长城关不住，百姓走游民”，且一再说自己的李姓可能是“假冒产品”，因为唐朝时，有不少功臣赐姓为李，一些流浪者本不姓李，迁移之后为免受歧视而改称姓李。天下李姓多矣！“天下纷然忒多李，终究几个能称王！”“吾宗是何李，缥缈问浮云”。既是严肃的表述，又见轻松和幽默。

二、关于秦始皇成败和长城功用

秦始皇统一中国具有重大意义。但其治国方略和外交战略有严重偏颇。征服六国之后，秦王朝没有致力于发展生产，与民生息，协调内部矛盾。而是以强势姿态，对内高压，缺乏怀柔和和谐，对外盲目用兵，战略非理性倾斜。又因为听信“亡秦者，胡也”，令蒙恬率大军三十万，修长城，重点在“备胡”，当国内矛盾爆发、起义战火遍燃时候，无暇顾及。而苦心经营的长城根本没有起到预想的作用。诗人以《秦皇故事》的题材写道：“筑边常备胡，坑火禁群儒。社稷得还失，长城有若无。拥兵死蒙氏，奉诏葬扶苏。兵马三千俑，聊能补史书。”在概括了秦始皇的一生的同时，更提出“但有安民策，何需常备胡”的论断，指出治国强民是本，国富民强，则外患不足惧。并且，纵观长城历史，其作为重点防卫工程，一直以来没有阻隔北方少数民族南下。例如，清兵入关之前几次从不同关口入关，如入无人之境，甚至打到了霸州和山东半岛……诗人用了“长城有若无”“长城关不住”等表述，凝练真切，是新的语言和立论。作者还极言而推之，指出“纵览环球奇迹，全然形象工程”，虽然极而言之，却不无道理。

三、关于中国统一的历史趋势

作者出版过关于中国统一问题的历史著作，描述了中国统一的基本趋势和现象规律。指出南北分裂最终都是北方统一南方的规律。初步分析了原因所在，并以诗的形式表述。“中国统一趋势”写道“大块中华难久分，南柔北劲势不匀。从来一统如席卷，南举降幡北事君。”以统一的大前提为背景，分析历史人物和事件，就可能较为准确地判断功过是非。例如，诸葛亮虽然被后世称颂智慧、品德和鞠躬尽瘁，但从统一大局考量，孔明晚期有知其不可而为之的失误。七律《成都武侯祠》写道：“新花旧柏各纷纷，遗韵千年梁父吟，谋画隆中慷慨士，托孤白帝涕零臣。人心向我难成我，天道怜勤不助勤。前后出师皆不朽，终归一统胜三分。”明确指出分裂不应持久，一统胜过三分。作者充分肯定曹操对中国统一奠定了基础，歌颂其功绩：“煮酒英雄竟是谁，天时地利迥难违。东风虽与周郎便，未抵北风不懈吹。”

四、关于人才史观

作者对中国人才史有较为系统的研究。对各个历史阶段的人才现象、思想、制度作过系统考察，指出规律，成一家之言。对一些问题的辨析尤为犀利独到。“君子知音少，人才悲剧多”是作者的慨叹；对顽固不衰的用人唯亲给以揭露和批判。例如知人善任，作者以讽刺的口吻说：“知人善任诚矣哉，不识何从想起来？身边花木先得水，八分机遇两分才。”

五、关于历史人物和事件的评价

着眼对中国统一和文化事业的贡献，作者对曹操以高度评价：“青梅煮酒盖世雄，一统三分奠基功，饮马长江王霸气，赋诗明月苍凉声，皇袍衬里求谦逊，白粉涂颜落骂名。倘若直登皇帝位，后人谁敢论奸忠！”

在骆宾王的故乡义乌考察，作者关注重点不在骆宾王本人的生死下落，而是从诗词文化成就的角度看问题，认为“敬业紫金客，则天才俊囚”可忽略不记，而“千年诗未朽，舍此复何求！”他的诗篇是永存的，只要听孩子们传唱“鹅鹅鹅，曲项向天歌”就足够了。

对于轻视女性，视为祸灾的偏见，作者作了有力的矫正。周幽王烽火戏诸侯被犬戎杀死，作者径直指出不怪别人就怪他自己：“烽火诸侯戏笑频，犬戎来了不称臣。君王自己没成色，却向女人栽祸根。”对于王莽改革，作者认为当时社会危机、矛盾重重当改，王莽改革无错。汉王朝大厦将倾、不可救药，只是王莽触发了爆炸机关，是改革的牺牲品。评定王莽功过，不能以篡汉为据，“废汉立新朝野忙，忠奸勿以此衡量，黎民只要能温饱，哪管皇家刘与王！”这是现代视角和民本标准。

关于辛亥革命这样的重大事件，作者有自己的思考和表述。“元戎振臂呼，烈士掷头颅。旧垒千钧破，新局百战浮。烽烟渐沉寂，功过不模糊。专制根深厚，仍须共翦除。”指出革命尚未成功，同志仍须努力。尤其是中国这块土地，专制思想和传统深厚，仍然需要不断清除，以推进民主进程。

作者总结咏史诗的要求：史要真，论要新，有新的发现、新的认识、新的表述。作者已经写出和发表了近百首咏史诗作，将于此继续努力，有所追求和探索，力求做到道“先贤和诗家未及道者”。

作者的咏史创作得到刘征等文史界前辈和同仁鼓励，认为其立意高远，视野宽阔，有历史的纵深感，宏观和微观结合，肯定其有新的认识和表述，初具特色。而作者仍知不足，作《咏史诗自嘲》：“一统三分费琢磨，天时地利拟人和？阿瞒大事生机变，诸葛关头冒险多。试解风流千古案，拆翻史海几层波。王侯成败渔樵曲，入我诗家破网罗。”

总之，作者愿与诗家和同道互相砥励，使咏史诗词老树新花，拓展新局。

规范诗词用韵的几个问题

一、诗词发展要求规范用韵

随着中华民族的伟大复兴和文化繁荣，中华大地已经出现诗词复兴的景象。诗词空前地融入社会生活，诗词写作者和爱好者有数百万人之多。出现了相当数量的推陈出新、反映时代的精品。各类诗词大赛、笔会，交流、研讨具有群体性、自发性，空前活跃。一批地级市县和乡镇获得诗词之乡和诗教先进单位的称号。这些，对于弘扬传统文化、促进社会文化和谐、满足人们的文化生活，起到了明显的推进作用。

然而，由于历史、地域、观念等多方面原因，诗词创作中的用韵五花八门，纷繁不一。除中华新韵之外，传统的旧韵包括平水韵（佩文韵府）、词林正韵、宽韵、十三辄乃至切韵、唐韵、广韵都有使用，有的多韵混用，有的使用方言韵，有的著书立说自定标准。用韵的纷乱不一，不但不利于诗词创作的繁荣，不利于诗词与文化教育和社会发展相和谐，更不符合《中华人民共和国国家通用语言文字法》的规定和要求。因此，相对统一，规范用韵，已经成为诗词发展的突出问题。亟待解决。

二、用韵须当与时俱进

诗词发展的过程实际是诗词用韵演变的过程。中古以降，最早的韵律是隋朝陆法言的《切韵》。这部韵书，总汇古今南北，共设一百九十四部，声调分为平、上、去、入四类；入唐，《切韵》由唐人孙愐修订而成为《唐韵》，共一百九十五部，由于其中规定某些韵可以通用，实际上只有一百一十二个韵；宋真宗时，修《大宋重修广韵》，简称《广韵》，将韵部分为二百零六个。如果合并可以通用的韵部，《广韵》实际上只剩一百零八个。为了简便，参与编纂《广韵》的邱雍等人又编著《韵略》，取广韵中的重要字作韵目，用于科举考试。至宋仁宗年间，又诏刊修《韵略》，改称《礼部韵略》。从中可见，《切韵》《唐韵》《广韵》《礼部韵略》是一脉相承的。其演变趋势是简便实用。

应用至今影响最大的诗韵是《平水韵》。

金哀宗年间，王文郁编《平水新刊韵略》（1227），分一百零六韵，据说此书当时作为金代科举之用。其后，南宋理宗淳祐十二年（1252）刘渊编《壬子新刊礼部韵略》，共一百零七韵。有考证证明，刘渊《壬子新刊韵略》是王氏书的翻修，两书的区别在于上声“拯”“迥”两部的合分。元初，阴时夫著《韵府群玉》，合并了上声的“拯”“迥”两部，成为一百零六个韵部，是为今日所称的《诗韵》亦即《平水韵》。

《平水韵》，实际上是把《广韵》所允许通用的韵部合并，依平、上、去、入四声，将韵部分为一百零六个，分别为平声（上、下）各十五韵，上声二十九韵，去声三十韵，入声十七韵。

清康熙年间，张玉书等人奉旨编撰的《佩文韵府》，以康熙皇帝的书斋名“佩文”命名。此是清人科举的用韵标准，实际上也是《平水韵》。

显然，统一和规范用韵，是任何中央政权实行文化统一的通常做法。

研究认为，“平水韵”并不完全依据汉语语音的发展实际，有些与汉语语音严重脱节，例如将《广韵》中读音明显不同的“十三佳”与“十四皆”合并成“九佳“，将《广韵》中的“十五灰”与“十六咍”合并成“十灰”，特别是将《广韵》中的“二十二元”与“二十三魂”“二十四痕”合并成“十三元”，等等。而《广韵》中本来读音相同或相近的韵目却当并不并，例如：“一东”与“二冬”，“八微”与“十五灰”，“九鱼”与“十虞”，“二十二元”与“二十五寒”“二十六桓”，等等，既非科学也非严密。尤其是，自元朝以来占主流的中原或北方语音渐渐扬弃了入声，元代周德清所编《中原音韵》和清代贾凫西编、蒲松龄修订的“十三辙”，均没有了入声韵。当今普及的普通话也不再有入声。因此，有大量入声的“平水韵”既不合诗词用韵的本义又不合汉语语音的实际，失去了时代的依托。且更与《中华人民共和国国家通用语言文字法》和《汉语拼音方案》相牴牾，不应该再倡导而应当渐渐退出历史舞台。

三、依法提倡和推广今韵

中华诗词学会成立以来，在诗词用韵方面做了大量调查研究和引导工作。依据国家法规和诗词创作的实际，提出了“适应时代，深入生活，走向大众”的方针和“大力提倡今韵，推广今韵，但不废除古韵，允许用古韵进行创作”（即“倡今知古、双轨并行”）的主张。经过几年的酝酿、准备和研讨，于2004年第5期《中华诗词》杂志公布了由中华诗词学会副会长、《中华诗词》副主编赵京战执笔的“中华新韵（十四韵）”方案。此方案韵部划分如下：

中华新韵（十四韵）韵部表

一、 麻 a ia ua
二、 波 o e uo
三、 皆 ie üe
四、 开 ai uai
五、 微 ei ui
六、 豪 ao iao
七、 尤 ou iu
八、 寒 an ian uan üan
九、 文 en in un ün
十、 唐 ang iang uang
十一、庚 eng ing ong iong
十二、齐 i er ü
十三、支 （-i）（零韵母）
十四、姑 u

随后，又在当年第8、9、10期连载发表了由赵京战署名的介绍新韵产生和对实施中一些问题阐释的文章《适应新的时代　推进诗韵改革》（见附件）。在当年十月的金秋笔会上，赵京战还专门举办了新韵讲座，解答问题，近年来，新韵作者和新韵诗词大量涌现，其中有不少力作精品。新韵越来越得到普遍的拥护，取得明显的效果。

今韵或新韵，就是依照《中华人民共和国国家通用语言文字法》和《汉语拼音方案》规定，以《现代汉语词典》标示四声，阴平、阳平为平声韵，　上声、去声为仄声韵的诗韵体系。

今韵，是古来用韵发展的产物。符合汉语言的现状和发展趋势，符合多数社会成员的语言习惯，符合普通话和汉语拼音方案的推广要求。

今韵的法律根据是《中华人民共和国国家通用语言文字法》（2001年起实施，凡四章28条。）第二条：本法所称“国家通用语言文字”是普通话和规范汉字；第三条：国家推广普通话，推行规范汉字；十六、十七条还规定，特殊情况，可使用方言，保留或使用繁体字异体字。第十八条规定，以《汉语拼音方案》为拼写和注音工具；第二十七条指出，违反规定，干涉他人学习和使用普通话和规范汉字的，由有关行政管理部门责令限期改正并予以警告。

这是在社会公共场合和文化艺术活动包括当代诗词创作中，使用现代汉语包括语音的法律根据，也是今韵的法律依据。

从国家行政管理文件看，2008年3月，中宣部、教育部、国家语委等联合发出的《关于以传统节日为主题开展经典诵读和诗词歌赋创作活动的通知》，明确要求，广泛开展吟诵古典诗词、传习传统技艺等优秀传统文化普及活动，努力提高全民族的人文素养，树立良好社会风气。规范和保护国家、民族语言文字。指出活动应该严格遵守《中华人民共和国国家通用语言文字法》，在全社会大力推广普通话，推行规范汉字。

从这样意义上讲，今韵是法定的，规范的。它既合于诗词用韵的本义，又合于汉语语音的实际，是与时俱进的时代用韵。

用韵当随时代，是各界有识之士的共识，早在1955年诗人节，爱国老人于右任先生在台南讲演时就呼吁：

“发扬时代的精神，便利大众的欣赏。盖违乎时代者必被时代抛弃，远乎大众者必被大众冷落……”

诗有韵，为的是读起来谐口。但是后来韵变了。古时在同韵的读起来反而不谐，异韵的反而相谐。如同韵的元门，异韵的东冬。强不谐以为谐，强同以为异，这样合理吗？……古人用自己的口语来作诗，我们用古人的口语来作诗，其难易自见。我们想要把诗化难为易，接近大众，第一先要改国语的平仄与韵……”可见，统一用韵，是国家和民族文化发展的趋同要求。

四、结论：双韵并行 倡导今韵

大力倡导和使用今韵，是诗词自身发展的要求，也是文化和谐与社会和谐的重要方面。鉴于平水韵至今使用较广的实际和循序渐进的原则，当代诗词创作可以保留使用平水韵，使之与今韵形成双轨。方针是：

以法为据，与时俱进。双韵并行，倡导今韵。今韵为主，旧韵为辅。

这些原则，建议经由国家有关部门审定、颁布，尽快贯彻落实到诗词写作、评论、朗诵、吟唱等各种实践中，以利于诗词事业的健康发展。

（本文形成过程中得到了霍松林、刘征两位前辈的指点，参考了赵京战、星汉、易行等先生的相关文章，在此一并深表谢意！　——作者）

毛泽东诗词的“风花雪月”

毛泽东诗词是诗词史上的山外青山，在风物描写上别开生面。“风花雪月松竹梅”，这些传统诗词吟咏的对象，毛泽东皆有涉及。就其内涵、气象和风韵、格调来看，毛泽东诗词塑造新的形象，赋予新的内容，注入新的灵魂，开拓出崭新的艺术境界，例如：

风，“西风烈”，“红旗漫卷西风”，“西风漫卷孤城”，“正西风落叶下长安”；

花，“战地黄花分外香”，“万花纷谢一时稀”和“山花烂漫”；

雪，“沁园春•雪”之外；“赣江风雪弥漫处”，“雪里行军情更迫”，“雪压冬云白絮飞”等，俱是苍劲和阳刚之气；

月，“长空雁叫霜晨月”，“可上九天揽月”，还有隐喻月宫的“寂寞嫦娥舒广袖”，或苍凉冷峻，或奇想浪漫，别有境界；

松，“暮色苍茫看劲松”，于乱云飞渡中直面险境，巍然独立，淡定从容。

竹，“斑竹一支千滴泪”，幽婉蕴藉，风华绝代；

梅，“梅花欢喜漫天雪”，《卜算子•咏梅》的“俏也不争春，只把春来报。待到山花烂漫时，她在丛中笑”更是堪称古今绝唱……

文贵出新，诗贵个性。在毛泽东笔下，风花雪月松竹梅，千姿百态，各俱气格，洋溢着崭新的意象：

一是展示了新的风貌。关于风，汉高祖刘邦“大风起兮云飞扬”，颇具气概，雄视千古。毛泽东对此也至为欣赏。细考汉高祖刘邦此歌，是其衣锦还乡、志得意满所为。方其困境时，也曾迷茫不知所措，哭鼻子撂挑子有之，且其大风歌表现的胸怀旋即终止，“兔死狗烹同乐殿，至今回响大风歌；”毛泽东的西风之咏则是在革命经受挫折，红军最为艰苦时候，乘西风、越雄关，既慷慨悲凉，又一往无前，表现出对胜利的渴望和豪迈气概。

二是注入了新的灵魂。以黄花为例，过去是，“碧云天，黄花地，西风紧，北雁南飞”，“满地黄花堆积，憔悴损”“人比黄花瘦”，多喻秋色凋零或迟暮晚景。而在毛泽东眼中，由于人民群众参与的正义战争，黄花更为香冽、劲拔、朝气盎然，“不似春光，胜似春光”，既注入了新的理念，又贴切、自然。

三是更接近了事物的本真。任何浪漫都是以现实为基础的，夸张和比喻不是漫无边际而是皆有所本。毛泽东诗词所描绘的事物，更准确，更本质，是真实基础上的升华。

例如风，毛泽东诗词（正编）关于“西风”有四处，却不见古诗人常用的“东风”，非偶然也！ 因为，尽管风有东西南北，毛泽东所见所处的就是西风。纵观九州云气，风的主要流向是由西向东，而由东至西主要是水气（参见每日的气象云图）；中国大陆的气候和地理环境，就是在西风的影响甚至掌控之中。屡用“西风”，是真实本质的描写。

雪，文人咏雪，古今多矣。雪之境界，李白《北风行》："燕山雪花大如席"，吴伟业有"北风雪花大如掌"。毛诗则是千里万里之雪，大地旷野之雪，气吞山河之雪，是真正的"大雪"；古人称道关于雪的"柳絮才"。源自东晋谢家，谢安问诸侄："雪何所似？"谢朗答："撒盐空中差可拟"，侄女谢道韫说"未若柳絮因风起"。因而受到称赞。其实，江南天气，亭台楼阁，小小空间，雪花纷乱。"咏絮才"，充其量不过只是"小雪"而已；我们不能苛求于江南才女，但与毛词《沁园春》之咏雪不可同日而语。

梅，更是以往文人情有独钟的吟咏对象。或"昨夜一支开"，或"寂寞开无主"，多是暗香疏影，孤高不群，畸形悲苦。画家笔下的梅花，形象也多是体古，枝瘦、花疏，或一枝独放，或数枝凌寒，或暗香浮动，或古怪曲折，所表现的是寂寥以至畸形的美，令人生怜。是那个时代文人有志不得抒、孤苦扭曲心态的写照。而现实中的梅花是什么样子，是何气象？从古至今，自然界梅花的主要特征并不是幽香孤独。你看，中原大地，江南水乡，西子湖畔，梅花绽放，成山成海成花阵，生机盎然，大气磅礴。我们有什么理由总用"枯干黑怪"的色调描绘她？毛泽东"反其意而用之"，这一反，返本归真，别开境界，意象皆佳。诗人笔下的梅，一改萧瑟凄冷的色调，枝嫩花娇，疏密有致，潇潇洒洒，蓬蓬勃勃，临风含笑，喜气盎然，与百花共荣，向人们输送强烈的春天的信息。因为，梅本来就不是那样而是这样，是人民群众和时代正气的象征。

除旧布新，境界全开。气度超迈，格调佳绝。毛泽东与以往诗人相比，高度、内涵与胆识，个性、形象及魅力，多有超越。毛泽东诗词所塑造的艺术群像，丰富了中国诗词和文化教育的宝库。携卷吟唱，确有登泰山而小天下之感。

故我有诗赞曰：

山河湖海人天地，风月雪花松竹梅。
豪婉容融流韵壮，和声涌起大潮来。

壬辰暮春　于京西　云闲斋

实践检验毛泽东诗论

从实践论的角度，任何理论都无可回避地要接受实践的检验。毛泽东诗词和诗论也是如此。

就诗论而言，毛泽东基本上是一以贯之。最早见之于1950年3月14日给蒋竹如的信。信中说："律诗是一种少数人吟赏的艺术，难于普及，不宜提倡。惟用民间言语七字成句有韵而非律的诗，即兄所指民间歌谣体制，尚是很有用的。"以及中国诗的出路，第一是民歌，第二是古典，以及"从民歌中吸引营养和形式，发展成为一套吸引广大读者的新体诗歌"，等等，其与郭沫若、臧克家等人谈诗，其立论也是如此。

自打五十年代起，诗词和诗歌经过半个多世纪实践的发展。可以从三个方面考察毛泽东诗论的验证结果：

第一，诗词"打不倒"得到完全验证

毛泽东说过，"旧体诗词要发展，要改革，一万年也打不倒！因为这种东西最能反映中华民族和中国人民的特性和风尚，可以兴观群怨嘛！"

确实，中华大地就是诗词最适应的土壤，诗词在这块土壤世世代代，丰富繁衍，获得永久的生命力。

百年前的新文化运动时期，许多文化人如胡适，断言诗词穷途末路，拿诗词同女人小脚相比。说是"同等怪现象”，曾预言诗词灭亡。朱自清也称胡适的意见为“金科玉律”。但要消灭的没有消亡，要提倡的没有兴旺。对于诗词，这些文化革命的主将其骨子里是难以割舍的。例如胡适先生其新文化的宣言正是一则《沁园春》：

“更不伤春，更不悲秋，以此誓诗。任花开也好，花飞也好，月圆故好，日落何悲！……文章革命何疑？且准备搴旗作健儿。要前空千古，下开百世，收他臭腐，还我神奇。为大中华，造新文学，此业吾曹欲让谁！　诗材料，有簇新世界，供我驱驰！”

气魄非凡，痛快淋漓。足见诗词风采。

事实是：诗词走到今天，冲破名家的预言，展示了不灭的韧力。依然具有强大的生命力。群众流传千古的名句就是证明，大量诗词作品和诗人的出现就是证明。诗词既属于过去，也属于现在，更属于未来。

第二，“少数人吟赏”已基本改观

诗词的复苏和发展超越了毛泽东和许多人的预料。更是摆脱了“少数人吟赏”的樊篱，发展成为愈来愈多人参与、走向大众与普及的艺术样式，空前地走向和融入社会生活。

一个世纪以来，中华诗词经过新文化运动的曲折、毛泽东诗词崛起、“文革”洗礼、“四五”爆发诸阶段而进入新的时期。即“正在从复苏走向复兴。现在全国各省、市、自治区都成立了诗词学会，不少市、县也成立了诗词学会，许多机关、学校、企事业单位、部队也成立了各种诗社，各类诗词学会会员、诗友以数百万计，公开和内部发行的诗词刊物有数百种，每年刊登的诗词新作也以十万计，其中不乏精品力作。中华诗词在社会主义文化大发展大繁荣的浪潮中，在中国诗歌的百花园中，争相绽放，形势喜人，令人振奋”（参见2012年9月28日马凯在“诗词中国”大奖赛揭幕式上的讲话）。

如果要问，当今，什么文化艺术形式离我们最近，接触最早？答案是诗词。以儿童普遍学习“鹅，鹅，鹅”和“床前明月光”为例。特别指出，随着社会成员文化水准的提高，更多的人接触了解和喜爱诗词并且提笔写作。这种认同和普及，使得诗词获得前所未有的社会支撑，毫无阻力、非常顺畅地融入社会，诗词，已经渐渐从少数人金字塔中走出来，具有广阔的复兴和繁荣前景。其原因，有毛泽东诗词引领示范作用，社会文明发展，以及人民文化水准和文化需求提高诸多因素。

总之，自发性、泛众性、大规模、新载体（包括网络诗词的崛起），是新时期诗词的重要特色。与时俱进并完全可以反映当代社会生活，使得诗词展现了新的时代风采。

第三，诗体设想 验证及半

应当指出，从历史发展进程看，诗歌（包括诗词）是个不断“持正知变”的过程。持正，就是坚持本真，保持特色；知变，就是懂得变化，与时俱进。清朝叶燮指出，“数千年诗之正变，盛衰之所以然”。

毛泽东一再主张，新旧诗体互相借鉴和吸收营养，注重民间与民歌。其对于未来诗体设想，有三个要素：

一、口语。即民间言语，可以理解为通俗、晓畅口语化。这古已有之，也是诗词的优良传统。“细数千古流传句，皆从平白语中来。”平白易懂，而是我们要提倡的。旧的辞藻和概念如“夜漏熏炉”“捣衣暮砧”之类，已在生活中渐渐远去。而鲜活的词语，无疑应当使用。

二、七言。从汉语的本质特征和诗词的发展脉络看，七言是最为诗人、大众使用和接受的样式（虽然不排斥五言等句式），七言也是诗需要整齐、规律的一种体现。

三、有韵。有韵，是诗的本质特征，足以区别于其他体裁的。关于诗的定义，《现代语词典》说：“文学体裁的一种，通过有节奏、韵律的语言反映生活，抒发情感。”《辞海》说：“文学的一大类别……语言凝练而形象性强，具有节奏韵律，一般分行排列。”

诗词自古有韵。国外的诗一般也是押韵的。而中国的新诗渐渐以不押韵为常态。驶离韵的轨道，与真正意义上的诗分道扬镳。其生不藩，日见式微。如果我们承认诗的定义，用这把尺子衡量，许多新诗已经不是真正意义上的诗，而是诗意散文或分行散文。

诗的发展衰荣证明了，“口语、七言、押韵”，为诗的重要因素，任何诗体，舍此是“不成体统”的。而成体系的“新形式”是什么，路在何方？尚不见端倪，有待探索。这就是为什么说新诗体“一半得到验证”的原因。

从文化史和诗词史的发展脉络看，诗体不会一成不变，总要有所出新。新诗体是可能的，可期待的，应该欢迎的。但是，就我自己的见解，诗体皆备，无须创新。或者不具有创新的空间。细观细想，诗词诗歌、新诗旧诗的各种形式，在现在直至一个相当长的时期内，没有甚至不大可能出现全新的诗体。已经自称创新出来的一些诗体，如丁芒、万龙生、王国钦等老中青诸先生，精神可嘉，但“新体”出笼就被冷落，经不起检验。且从形式看，难脱旧式，施尽各种招数，不出如来手心。例如唐代著名诗人刘禹锡诗集，已有律诗，民歌，竹枝词，杨柳枝词等各种形式，一二三四五六七言皆备，合律和非律并存；后来的词曲，整齐句和长短句皆备，庄谐豪婉具备，包罗万象，难以超越。

当然，我们注意到另外一类诗歌，即如肖华《长征组歌》；歌曲《涛声依旧》和《朝华夕拾杯中酒》之类。他们既非民歌，又非诗词。比新诗规矩，比诗词宽泛，可以认为体现了毛泽东设想的路径和优势。尽管其与以前诗词形式有交叉或粘连，但毕竟不同，别具新意，值得重视和提倡。从中可以得到的启示是，毛泽东提出的任务，有可能通过原有诗歌自身的革新和完备来解决，而不一定要出现第三者。这就是民歌的“诗”化，诗词的“歌”化。除此之外，岂有他哉！由此，我以为在新诗体问题上，无须煞费苦心，自寻烦恼，做无用的功课。当然，我们不反对任何人于此的继续探讨。

文化史和诗词史告诉我们，一种新样式的产生并不以旧样式的灭绝为前提。例如，词产生了，诗没有灭亡；曲产生了，诗词没有灭亡，且相当可观。我们可以断言或预见，即使有新的诗体产生，能够得到验证、融入社会和大众的话，也会是中华文化百花园中的一支，与其他样式的诗词共荣，成为文化和谐、诗词和谐的有机部分。

诗莫浮

——漫谈诗界的一种倾向

我们高兴地看到，在世纪之交社会变革的时代，中华诗词，经历复苏，走向复兴和初见繁荣。深厚的传统和丰富的现实生活，令诗词展现出新的活力和时代精神。

同时，我们也清醒地感到，在社会浮躁、人心浮躁和文化浮躁的大氛围中，诗词和诗人也难以独善其身，受到了影响。其表现为几个方面：

一、是作品浮躁，标语口号（世纪诗病）

当今时代，或称为盛世，国泰民安，形势好，节庆多。有关重大事件、节庆和纪念题材的诗词，易将事件和政策术语入诗，易生豪言壮语，易搬用标语口号和套话，成为“伟大的空话”，我们姑且称之为“盛世诗病”。例如“认真贯彻十八大，争取提前翻两翻”之类。遗憾的是，当前这类作品不少，甚至包括一些大赛中获奖的作品。

二、是心态浮躁，作品轻飘

有些诗人耐不得寂寞。急于发表、出书、出名，甚至不惜以钱买名，自吹互捧，出现了一批获得各类证书的“世界级”或“当代著名”大诗人（如建党九十诗人）以及“当代李杜”“当代李清照”、第一才子等等。

还有一些人、一些公司或机构，将诗词商业化，且名目繁多，借机敛钱。

三、是动作轻飘，表面文章

诗词搭台，领导唱戏。附庸风雅，意在经济。某些大赛、诗会或采风，开始陷入一种模式：游山玩水，吃吃喝喝，舞文弄墨；一切皆好，表扬领导；住宾馆，看景点，座谈汇报安排满，拿上一点土特产，匆匆忙忙往回赶。很难有机会到得基层，接触群众。当年我当记者，和侯宝林先生是忘年交，侯宝林先生嘱咐我说，到一个地方要看汽车站、菜市场，“车站可以知道那儿的方位和地位、交通情况和治安情况”；“菜市场可以了解到出产、特产、物价、民风和语言”，是民生的最基本基层的画面。也就是“接地气”。（我到启东看菜市场，吃早点了解了不少情况）总之，诗词活动是重要的载体，不是说搞多了，不能搞。是要坚持本真，不要变味，真正繁荣诗词，实现诗词文化和经济社会的和谐。

怎么办：诗勿躁 心莫浮

诗人是时代的歌者，又是冷静的思考观察者、反映者批判者。诗之品格，本身就有高雅、深沉、哲思的内涵。老杜“沉郁，”李白“静思”，“静夜思”关键是静、净二字。合之则为沉静。要尽量除浮躁和泡沫，静心体味和观察。“兴观群怨”为诗的根本，不能丢。

我写《五绝•甘州（张掖）明代粮仓》：甘州古地记沧桑，隐在楼群小地方。土木无华真国宝，民生至重是粮仓。

尤其是喻讽批判的传统不丢，敢于和善于批评。令狐安的“维权曲”是这样写的：

权柄握在手，方知执政难。建国近甲子，教训万万千。多少官僚变，重蹈旧权奸。狐鼠横行处，敛财不避嫌。沉湎钱与位，早忘甲申年。

一则“下马石”：独立皇陵侧，端居孔庙前。千官皆下马，一石冷无言；

一则“读西游记”：

一路西天遭劫灾，百般请得救兵来。
神仙摆下玩猴阵，那个妖精没后台！

遍观当下各种文化艺术形式，我认为，诗词，或许成为浮躁社会文化的一种沉淀剂和沉静剂，使我们自己的身心和谐，维稳和理性，淡泊和宁静。

如何解决较为突出和普遍的泡沫和浮躁问题？

指导思想是，站得高，看得远，观之细，体味深。不一定事事亲历，但要观察思辨。（举例白居易长恨歌、卖炭翁）“人生际遇好，社会感悟深。”

手段技巧是：大处着眼，细部着手。小题大做，大题细作。以小见大，见微知著，突出个性，着力创新。

不为中央写口号，不为领导写报告，不为奶奶写童谣。写自己心胸，展自我个性。“李杜堪师不仿，一心要写吾真。”

为此，小诗小词各一首，献给大家：

清浊水

清水无颜色，浊流泡沫多。
各行各的路，我唱我之歌。

诗莫浮（鹧鸪天）

李杜灵均叹弗如，流离山水破茅庐。衷肠九曲哀民瘼，冷眼一支看起浮。　　心莫躁，气应舒。管他名利有还无。静观细品身边事，绘入风云五彩图。

2013暮春　于京西云闲斋

诗词絮语

诗词是中华民族传统文化最精粹的部分，最具光彩魅力的篇章。是中华文化之魂。是中华沃土中生长的长青之树，可以称之为中华文化的基因、“DNA”。

古代的一切文化艺术形式，几乎都见诗词的浸润和影响。若无诗词，不知其可也。例如没有诗词，“四大名著”就黯然无光。

诗之品格，在文化中最高。名家书画可仿制，而诗不可仿也。鹳雀楼上，“黄河入海流”诗人可写，而摄影不能照、画家不能为，便见诗词的涵养和超拔。

中华诗词，经过复苏，走向复兴，初见繁荣，是我们对当代诗词态势的基本判断。

所谓复兴，是在原有基础上的继承和出新，展现新的繁荣。真正的复兴不是回到原来，而是前进。古今中外，皆是如此。

诗词植根于中华大地的土壤，具有坚韧的生命力。白居易说“野火烧不尽，春风吹又生”，恰如诗词品格；诗词如胡杨，千年不死、不倒、不朽；更能不断复兴和繁荣。

当代诗词较之唐宋时代，数量大大超过，质量未必不如。虽则精品比例稍小，但具有相当佳作，只是社会还没有广泛了解和认知罢了。

诗词不但要写作，还要运作，传播。前者主要是诗人的事，后者主要是官方和机构的事。

有人著文讨论诗词能不能“入史”甚至“合不合法”的问题。实乃荒唐！ 实际上，诗词早已入史，无可抹杀。不是入或不入的问题，是如何看待诗词历史地位的问题。

文章当随时代，诗词更是如此。盛世完全可以实现文化和诗词的繁荣。“国家不幸诗家幸”和“愤怒出诗人”不是诗史的铁律，尤其不合于我们的时代。

人生短暂。我们不喜欢逆境和人为制造逆境。因为盛世和顺境完全可产生好的文化艺术，包括诗词。我对青年人常说的一句话：人生际遇好，社会感悟深。

亲身体验重要，贴近生活、感悟人生亦重要。亲身体验有局限，思考感悟无止境。

白居易没有受过“可怜身上衣正单，心忧炭贱愿天寒”和“此恨绵绵无绝期”之苦，但他写得出，写得好。成兆才不是杨三姐，贺敬之没当过白毛女，但笔下有情有戏。文化人和诗人重在思考，灵性，感悟和发挥。

诗词的简短、精练，较之其他的文学样式更能够适应快节奏的时代生活。实践证明，诗词这种形式，完全可以反映和歌颂当今的生活。孔夫子说“兴观群怨”的功能，在当代得到了新的全面的体现。

什么艺术形式离大众最近、接触最早？答案是诗词，从娃娃念“鹅鹅鹅”和“床前明月光”开始。更由于社会成员文化水准的普遍提高，诗词获得以往时代无可比拟的丰厚的社会基础。

当代诗词不会独领风骚，但是文化百花园中最具品位最受欢迎最耀眼的一支。

大众的接受和认可程度，是评价任何文化艺术样式最重要权威的标准，诗词当不例外。

诗贵通俗平白。试看千古文章，不朽名句，无不出自心底之情而缘于平白之语也，况当今世界乎！

艰难用典掉书袋，佶屈聱牙费疑猜。细数流传千古句，皆从平白语中来。

浏览流传至今家喻户晓的诗词或诗句，可以发现，语言平白者居多，突破格律的不少。这是很令人深思的。

忌用典过多，忌偏僻生奥，忌过多注解。注解那么多，无非说明你的诗本身没有说明白，缺乏充分表达的能力，智者不取。

诗词有格式要求，格式为内容服务。然诗律非戒律，律外有好诗。

决不以词害义。偶有佳词创意须突破平仄者，可不得已为之，实行“有理”突破，原则是“偶有”和不“随意”。

先有入门，才有突破。突破是行家所为。不得成为外行随意的口实。

臧克家老人说：“我是一个两面派，新诗旧诗我都爱。”而我是一个四面派：新诗旧体，合律出律，新韵旧韵，只要好，我都爱。真正的诗人都应当如此。

新诗曾经有成就，但毕竟是外来移植，先天不足，水土不服。歧路多多。裴多菲应该感谢殷夫的翻译——“生命诚可贵，爱情价更高”。如果以新诗自由体的形式翻译，不会上口，很难流传。

创新是诗词之魂，诗词一路千年，都是“持正求变”，继承变革与发展的历史。

诗歌和诗韵都不是一成不变的东西。历史上的各种诗词歌赋形式，无不是一面因袭着前人的足迹，一面又向前演变发展。

诗词如同滚滚江河。有的主张回到唐宋，其实是不可能“回到”的。其主张者自己也无法回到。一个人无法走过同一条河流。更无法倒溯历史。

古诗词有成就者都是创新者。自古至今，名家大家都是改革之家。

创造是诗词之魂。万绿从中一点红是创造，万红从中一点绿也是创造。创造就是表现个性，与众不同，超越以往，超越自己。

启功先生说过：古诗是长出来的，唐诗是嚷出来的，宋诗是想出来的，我们应当是闯出来的——当代诗词应当有时代特色和特别印记。

把诗词分为浪漫主义和现实主义，不科学。同任何文学艺术一样，诗词来源生活，这是他的现实；高于生活，这是他的浪漫。浪漫与现实是兼容并包的。诗的本性是将现实浪漫化，一旦起意要作诗唱歌，不管多么悲切暗淡低沉苦痛，浪漫就已在其中了。

关于豪放和婉约，不宜截然分成两派。古今诗词大家都是豪婉容融，有所侧重而已。亦常有一篇作品中豪婉兼容，如苏东坡“明月几时有”、柳永“杨柳岸，晓风残月”那样。范仲淹的“塞下秋来风景异”更是豪婉容融的佳作。

“旧韵归流水，新声适众人。”我主张双韵并行，提倡新韵。

不仅是诗律细，更在于观察生活细节，见微知著，以小喻大，真情实感；盛世和节庆易产生伟大的空话和套话，应努力戒之。

“一三五不论，二四六分明”，不严密；我主张：“一三五从宽，二四六从严”。

三仄尾，唐人广泛使用，约定俗成，（如唐诗三百首80首五律中三仄尾就有22处）应当视为标准定式，不作为问题提出。

前人关于诗体、诗律的规矩包括禁忌，自唐以后愈来愈严，放开渐少，约束愈多。要分析，不必全盘照办。这一点，要学习借鉴唐代诗人的开放与个性。

诗与文化相融，但诗不等于文化；诗别是一番性情、一番功夫和一点灵气。

文化最高的人不一定写得出好诗。但没有文化素养的人一定写不出好诗！

诗人的基本素养或成功条件，可以归结为意、力、技几个方面：意是创意，力是功力，技是技巧。创意为先，是统帅，是灵魂，是成功要诀。

为诗，与其说具有理论的品格，不如说更有实践的品格。“平仄格律”和“基本技法”之类要学。但要拿得起，放得下，不可过于依赖和拘泥——按照本本和诗词作法之类，很难写出好诗。

此身当与诗同在，一寸光阴一句诗。

代跋 著者漫像

年逾花甲，耳聪目明。
体若树桩，镜似底瓶。
熟悉媒体，文史稍通。
北大学历，浪漫文风。
著书二十，小有名声。
谈诗论文，无派无宗。
我行我素，天马行空。
幽默心好，快乐顽童。
以诗为友，四海嘤鸣。